來自雪國的遺書

Henmi Jun
邊見純

Fragments of the Last Will
収容所から来た遺書

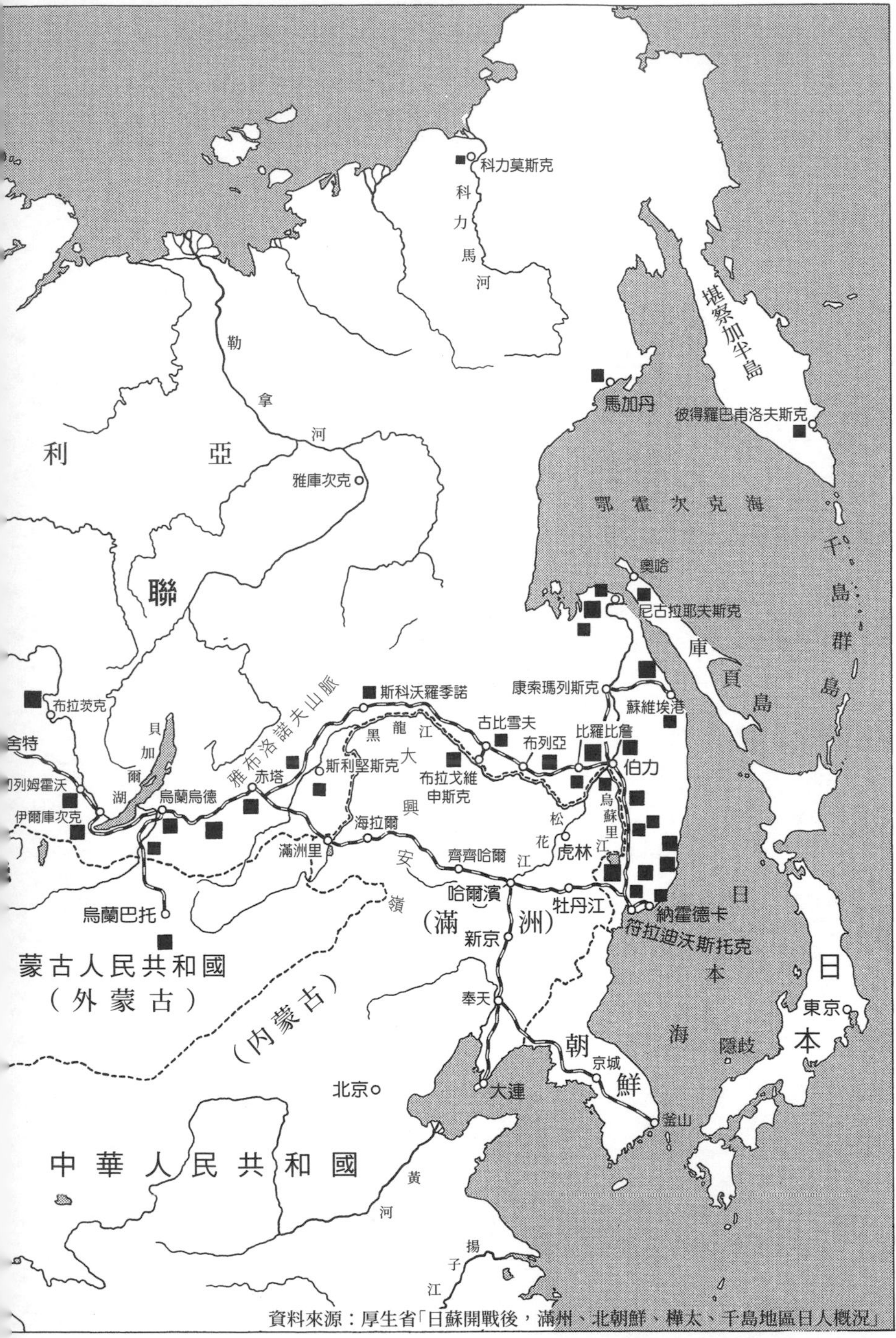

資料來源：厚生省「日蘇開戰後，滿州、北朝鮮、樺太、千島地區日人概況」

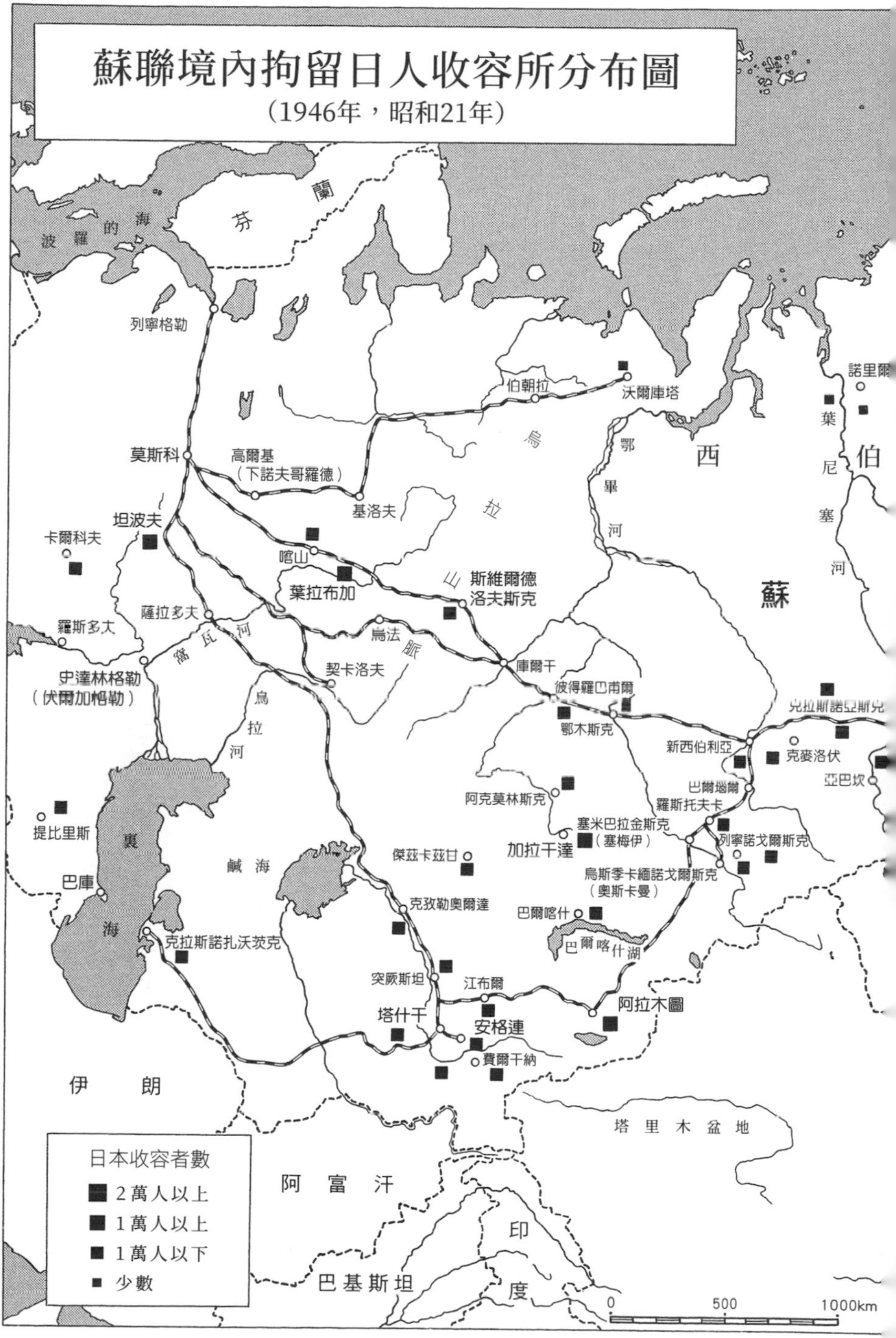
蘇聯境內拘留日人收容所分布圖
(1946年，昭和21年)
波羅的海
芬蘭
列寧格勒
伯朝拉
沃爾庫塔
烏拉山脈
莫斯科
高爾基
（下諾夫哥羅德）
基洛夫
坦波夫
卡爾科夫
嗆山
葉拉布加
斯維爾德洛夫斯克
薩拉多夫
羅斯多太
窩瓦河
烏法
契卡洛夫
史達林格勒
（伏爾加格勒）
烏拉河
庫爾干
彼得羅巴甫爾
鄂木斯克
鄂畢河
西伯利亞
葉尼塞河
諾里爾
蘇
新西伯利亞
克拉斯諾亞斯克
克麥洛伏
亞巴坎
巴爾瑙爾
羅斯托夫卡
阿克莫林斯克
塞米巴拉金斯克
（塞梅伊）
加拉干達
列寧諾戈爾斯克
烏斯季卡緬諾戈爾斯克
（奧斯卡曼）
提比里斯
裏海
鹹海
巴庫
傑茲卡茲甘
克孜勒奧爾達
巴爾喀什
巴爾喀什湖
克拉斯諾扎沃茨克
突厥斯坦
江布爾
阿拉木圖
塔什干
安格連
費爾干納
伊朗
塔里木盆地
阿富汗
印度
巴基斯坦
日本收容者數
2萬人以上
1萬人以上
1萬人以下
少數
0
500
1000km

目錄

序章

西伯利亞的九月已經宣告冬天的來臨。數日前，這裡降下了第一場雪。

一九四八（昭和二十三）年九月下旬，列十幾節的有蓋貨車列車自蘇聯烏拉山麓下的城鎮斯維爾德洛夫斯克車站出發，沿著西伯利亞鐵路一路向東奔馳。這是一輛「дамой（歸國）列車」，載滿了五百名日本人，這些人全都在斯維爾德洛夫斯克Лагерь（收容所）度過了將近兩年半的俘虜生活。

列車與一九四五（昭和二十）年八月戰敗後的眾人遭蘇聯軍擒伏，隔年從滿洲押送至斯維爾德洛夫斯克收容所時一樣擁擠不堪。不過，儘管人人面色皆透著疲憊，卻也都一臉開朗。光是想到可以逃離零下四十度的寒冬，肌膚不會再一觸碰到室外空氣便瞬間凍傷，就令人欣喜無比。

為了補充糧食和飲水，列車每日會暫停一次。只要列車一靠站，大家便能衝下車廂盡情呼吸室外空氣，伸展四肢，也不會有蘇聯兵像兩年半前押送那樣，開槍威嚇。

「喔——！湖，看到湖了！」

「是貝加爾湖！」車內突然有人喊道。

原本在上層貨架昏昏欲睡的松野輝彥清醒過來，與他同坐一側的男人全都挨近採光的小窗，把臉貼在窗戶上。

松野也擠上前望著窗外。

一片廣闊無垠的凍結湖面，與沉甸甸的鉛灰色天空融為一體。

「山本，這是貝加爾湖對吧？」

松野搖了搖身旁的山本幡男肩膀。

抱膝閉目的山本睜開眼睛。山本頂上稀疏，下巴濃密的鬍子摻雜著銀絲，戴著一副厚厚的圓眼鏡，上頭用來修補加強鏡臂的創傷貼布與電線纏得歪七扭八。他緩緩鬆開膝蓋，把臉湊近窗前。

「我想也差不多該到了……是貝加爾湖呢。」山本望著窗外低語。

「貝加爾湖真的好大喔……還記得來的時候，睡了一晚，第二天早上醒來發現外頭還是貝加爾湖時，我都嚇傻了。」

松野想起初次見到貝加爾湖的那天。

那是整整兩年半前，一九四六（昭和二十一）年四月中旬，日本戰敗後八個月的事。

在蘇軍命令下編成的日本俘虜第四三五作業大隊，由內山吉太郎少佐擔任梯團長，全隊一千人被迫從滿洲的牡丹江俘虜收容所搭上擁擠的押送貨車，山本和松野也在其中。

蘇聯軍方表示，之所以將部隊命名為作業大隊，是要他們在抵達納霍德卡港口返國前，沿路修補戰爭中毀損的橋梁和道路。

車廂以木板隔成上下兩層，擠得無法隨意動彈，只能盤腿或屈膝而坐。車上成員除了軍官、士官兵外還混雜了民間人士，所有人都穿著被擒時的髒衣服，忍受虱子、跳蚤綿綿不絕的攻擊。

行進的列車晃動劇烈，只要一關上小窗，即便是白天車內也昏暗一片。眾人以地板上的小洞代替廁所解放，但也有些人因太過虛弱任由便溺四溢，車裡因此充滿排泄物的臭氣，好幾個人在這宛如家畜運送車的密室裡斷了氣息。

即便如此，或許是能夠回國的安心感使然吧，也有些人突然參雜家鄉話開始聊天。

出發十幾天後的一個傍晚——

「海！看到海了！」

「是不是日本海啊？」

坐在窗邊的人你一言我一語地喊著。如果看到日本海的話，祖國就近在眼前了。然而眾人很快便明白，別說是日本海了，那片「大海」甚至是一座湖，是與納霍德卡反方向，遠在西方遙遙相望的貝加爾湖。沉重的氣氛頓時籠罩車內。

——在那之後過了兩年半，松野他們再次看到貝加爾湖。

這一次，列車確實朝著日本的方向前進。

松野帶著些許懷念，沉浸在複雜的情緒中。

「既然來到貝加爾湖，這次就是真正的дамой（歸國）了。」山本望著窗外道。

「這次，真的沒問題了吧？」松野注意周遭，壓低聲音問。

山本退離窗邊，瞇起眼鏡後溫和的雙眼，以無比肯定的語氣回答：「沒問題，放心吧。」

自斯維爾德洛夫斯克收容所出發前不久，眾人便開始竊竊私語，說終點站納霍德卡設有檢閱所，蘇聯方面將在那裡實施思想審查，由人民判定俘虜最終是否能回日本，倘若審查不合格，就會被再次遣送回西伯利亞後方的收容所。也有人說，判斷基準在於俘虜的態度是否視蘇聯為祖國而非日本。還有傳言，判定俘虜是否能回國者，是少部分受蘇聯信任的日本人。

山本通曉俄語，在斯維爾德洛夫斯克收容所時便一直擔任通譯。儘管從他口中聽到了肯定的話語，但不知為何，松野始終無法抹去心中的不安。

松野第一次見到山本，是一九四五（昭和二十）年十一月底，在牡丹江俘虜收容所的時候。

在那三個月前的八月九日清晨，一百五十萬名蘇聯軍越過蘇滿國境進攻滿洲。原本為了與蘇聯作戰而部署在滿洲的關東軍，此時已將主力部隊調往南方戰線，戰力大幅削弱，戰況呈一面倒。六天後的八月十五日，日本戰敗。

自八月十七日起至隔年三月，包含繳械的日軍將士、滿蒙開拓青少年義勇軍與民間人士在內，約有六十萬人陸續成為蘇聯軍的俘虜。

松野是在一九四三（昭和十八）年三十二歲時收到召集令來到滿洲。八月十七日，他在牡丹江西方十公里處的拉古，以第一二八師團步兵二五八連隊一等兵的身分繳械。成為蘇軍俘虜後，松野被關進原是關東軍陸軍兵舍的牡丹江收容所。

牡丹江收容所裡，遭蘇軍要求擔任通譯的俘虜便是山本幡男。

一段日子後，松野和山本熟稔起來。除了兩人同為受到徵召的一等兵身分外，有很大一部分原因是因為松野看了山本的著作。

先前，松野奉蘇聯兵命令前往滿鐵官舍沒收物品時，偶然在書櫃上發現了一本書引起了他的興趣。那是本輕薄的小書，書名是《東北亞各族》。松野心想這本書可以幫助自己了解蘇聯，便背著蘇聯兵偷偷把書帶回收容所閱讀。《東北亞各族》的內容如同學術書籍般艱澀難懂，卻詳細介紹了西伯利亞的少數民族。最讓松野印象深刻的，是寫到蘇聯境內有為數眾多的少數民族。書籍末頁記載，這本書是昭和十六年八月中央公論社發行，滿鐵弘報課編輯，作者名寫著山本幡男。

當知道一身氣質灑脫的山本通譯就是這本書的作者時，松野大感意外，心想「原來山本通譯曾經待在滿鐵調查部，寫下了那本書啊」。

松野告訴山本「我看過你的書」後，山本搔著稀疏的頭髮，頻頻害羞道：「哎呀，真是不好意思。」

貨車反覆走走停停，有時才覺得正緩緩前行，一會兒便又突然加速急馳。一加速，車廂就搖晃得更厲害了。

車內的食物只有黑麵包，但光是沒有嚴格計算基礎作業量的勞役，就比收容所的日子輕鬆多了。尤其是車子停下來時可以下車解決大小便最令人高興。

山本常會告訴松野列車現在的所在地，像是「差不多要到雅布洛諾夫山脈了」、「路程走三分之二了」等等。山本不只精通俄語，也很熟悉蘇聯地理。

小窗外的風景有了巨大的轉變，列車穿過蓊鬱的白樺與杉樹森林，持續奔馳。

「就快到哈巴羅夫斯克了。」出發將近二十天後，山本在松野耳邊低語。

抵達哈巴羅夫斯克後，距離停泊回國船隻的納霍德卡港就只剩一個晝夜的車程了，山本補充說明。松野的心情也漸漸雀躍起來。

貨車突然停下是兩人對話後沒多久的事，此時窗外已是暮色。

「發生什麼事了？」

就在松野向山本發問時，列車鐵門遭人拉開，刺骨的空氣襲進車內。配戴肩章的蘇聯軍官帶著幾名士兵走上車，一名矮小的日本人混雜其中。

軍官環顧車內一圈後以俄語吼道：「перевод（通譯）在哪！」

山本離開層板，站到車廂廊道上。

軍官來到山本面前塞給他一份文件，講了一大串俄文。在斯維爾德洛夫斯克兩年半的收容所生活中也懂得幾句俄文的松野，隱約明白軍官的意思，似乎是「點到名的人帶著裝備下車！」

車內一片譁然，但在軍官冰冷的視線下立刻安靜下來。眾人屏氣凝神，盯著山本的嘴巴。山本開始唱名文件上的名字。第一個唸到的人是內山少佐，接著又陸陸續續點了十幾個名字。突然，山本的聲音頓住。

「我……」

山本低吟，不發一語。接著，他重新打起精神，以清晰的聲音說出自己的名字「山本幡男」，唸完剩下的幾個姓名。

車內鴉雀無聲，有些人低垂著頭。

遭點名的人從車廂內各處沉重地起身，站到廊道上。與蘇聯軍官一起上車的矮小日本人從頭到尾不發一語，以冰冷的視線環顧車內。

此時，靠近敞開車門的人群中爆出一聲：「史達林大元帥萬歲！」接著像是反射動作似的，還有人高呼：「蘇聯萬歲！」車廂內充斥著應和，緊接著又湧現了〈國際歌〉。

山本撥開廊道上的人群走到松野的貨架前，低聲說了句：「保重……」

山本微微扯了一下唇。松野覺得，那個樣子看起來既像是欲言又止，又像是在微笑。

與軍官一起上車的日本人嘴角浮現淺笑。松野事後才知道，那個人與蘇聯在哈巴羅夫斯克市發行的日文宣傳報紙《日本新聞》關係匪淺。

「давай（快走），давай（快走）！」

在蘇聯兵的催促下，身著破損軍服的內山少佐與一身老舊фуфайка（防寒棉外套）的山本幡男等二十幾人魚貫離開貨車，就地整隊。

下車後，一行人在配戴「曼陀林槍」（蘇聯製衝鋒槍）的蘇兵包圍下，踩著沉重的步伐開始行進。此時太陽已完全沒入地平線，天空開始飄雪。留在車上的人們透過小窗和敞開的車門，屏息目送一行人的背影，直到他們消失在白色的闇影盡頭。

當歸國列車像是什麼事也沒發生似地再次啟動時，雪勢更凶猛了。

——那群人會被帶往雪中的何方呢？

松野憂心忡忡，身軀隨著貨車搖擺，腦海裡不斷浮現與山本在斯維爾德洛夫斯克俘虜收容所裡共度的兩年半生活。

第一章　烏拉的日本俘虜

1

有「烏拉之都」美稱的斯維爾德洛夫斯克市位於烏拉山東麓，距莫斯科一千八百一十八公里，是生產煤炭與鋼鐵的大型工業與礦業城市。帝俄時期，這裡名為葉卡捷琳堡，也是革命時期遭廢位的沙皇尼古拉二世一家幽禁、受刑的地點。

一九四六（昭和二十一）年四月二十九日，離開牡丹江收容所的一千名日本俘虜抵達斯維爾德洛夫斯克。松野輝彥記得很清楚，那一天是天長節，昭和天皇的生日。

抵達的俘虜立刻以五百人為單位被分為兩支大隊。山本幡男與松野所屬的大隊被收容在市內蘇聯軍官的六層樓官舍。雖說是官舍，卻還只在骨架階段，蘇方表示，他們當時的勞務便是砌磚完成該棟官舍。俘虜們必須先在地下室找到空地，從打造自己睡覺的床鋪開始。

幾個月後，磚造的軍官官舍落成後，眾人便轉移到遠離市區的斯維爾德洛夫斯克收容所。

斯維爾德洛夫斯克收容所是一處新建的俘虜營，外圍設有三公尺高的木柵欄與雙重鐵絲網，日夜都有手持曼陀林槍的哨兵監視。

營中除了兩棟俘虜起居的營房外，還分布著本部辦公室、醫務室、伙房、餐廳、跳蚤消毒場、裁縫場、廁所、懲戒室等區域。會特別設置跳蚤消毒場，是因為蘇聯軍方後來面對斑疹傷寒的傳染變得很神經質。

營房中央是蘇聯當地傳統的暖爐，四周牆壁上是一排排俘虜們稱為「蠶架」的三層床，又擠又密。配給的棉被裡裝的是乾草。

蘇聯方面在收容所內配置了所長、政治部軍官以及作業主任、主計主任、軍醫等職位以管理收容所。政治部軍官握有的權力比所長大，位階也比所長高。

蘇方將日本俘虜編成作業大隊，以內山少佐為首，各日本軍官擔任指揮官。作業大隊又再分成幾支中隊和小隊，小隊下編制約二十人的作業班。

俘虜的勞務作業以土木建築工事為主。有搭配建築的木工、泥水、塗裝、板金、電工等專門作業班、負責伐木和製材的作業班，以及挖掘水溝和水管的雜役班等等。所有作業班都在蘇聯監工與哨兵的監視下勞作。

山本在這裡也被任命為通譯，跟著各作業班前往工地為蘇聯監工翻譯，或是幫收容所長與內山少佐的談判通譯，雖然沒有直接接觸作業班的勞動卻四處奔波。

被編入雜役班的松野一開始的工作是挖掘水管溝渠。為了避免水管冬天結凍，溝渠需挖到三公尺深，作業工具只有十字鎬、鏟子和鐵棒，進度緩慢。傍晚，蘇聯監工會拿著一根長棍測量大家一天挖掘的深度，若是沒有達到規定作業量，就要持續工作到晚上。經歷十多個小時連續勞動返回收容所的路上，松野已經連說話的力氣都沒有，只能勉強睜著渙散的眼神，盯著前面的人腳步緩緩移動。

收容所的早晨是在鐵鎚敲打一段吊掛的鐵軌聲中展開。每天早上六點，那道詭異的鐘聲便會響起，宣告一整日的重度勞動。

夏天，太陽三點鐘便會升起，直到晚上九點都還是明亮的白夜。但冬天即使早上九點過後，天色仍是一片昏暗，下午四點便會籠罩暮色。

整個冬天沒有多少日子得以拜見藍天與太陽的尊容。冬日的天空令人憂鬱，日日覆蓋沉甸甸的雪雲，時有風雪。只有在暴風雪或是氣溫低於零下四十度時，勞務內容才會有所更改。

所內的伙食非常糟糕，一天只會配給三百五十克的黑麵包，早晚各半個飯盒的 каша（卡莎粥）或是飄著兩三片剩餘蔬菜的鹹湯、一小匙砂糖，每天都要與飢餓奮戰。

松野第一次吃到黑麵包是在押送的貨車上，入口的瞬間，只覺得那乾燥的口感與特別的酸味很詭異。然而進收容所不到一個月，黑麵包在松野心中已成為世上最美味的食物。

分配黑麵包時，所有人都會全神貫注。

伙食值班生從伙房拿回黑麵包後，「蠶架」上每個人的目光全都會集中在值班生切麵包的手上。一條黑麵包大約可分成七、八人份，麵包厚度有分毫差異都不會被放過。尤其是麵包兩側較硬的部分容易有飽足感，那一片會落到誰人手中成為眾人最關心的大事。

本來，黑麵包是讓俘虜帶到工地的午餐，但剛開始時松野實在太餓，忍不住在早餐時將麵包吃完，在長時間的勞動中一路空腹到晚上，痛苦不已。

因此，松野將一片黑麵包分為早、中、晚三份，再將每餐的麵包剝成小丁泡在水裡食用，想方設法盡可能降低飢餓感。

俘虜之間為了一丁點的黑麵包爭執、動手打架的事件層出不窮。

每個收容所都有一籮筐關於黑麵包的慘事。有伙食值班生遭人打破頭搶走了黑麵包，結果其實是值班生自己夢想著至少嘗到一餐飽足，砸了自己的腦袋偽裝成麵包被搶走的樣子。還有人從伙房偷了一條黑麵包，半夜不顧一切塞進肚子裡，結果一喝水，便因為麵包在胃裡急速膨脹痛苦掙扎而死。同伴們知道這件事後也不覺得他可憐，反而很羨慕，認為「那傢伙吃得飽飽的，死了也是得償所願吧」。

松野自己則是每晚都會作夢，夢見自己吃了一肚子的黑麵包，十分滿足。

收容所附近有一大片馬鈴薯田，前往工地途中，永遠都會有人避開監視兵的耳目偷馬鈴薯吃。一次，還有人在回程時把結凍的馬糞當成馬鈴薯撿回去。在營裡和工地抓到的蛇、青蛙、蝸牛等屬於豐盛大餐，也有人運氣不好吃了毒草或毒菇而發瘋。

最讓俘虜痛苦的一件事，便是勞動基本定額。

每名俘虜一天的勞動基本定額由收容所決定，作業量超過定額者可以增加糧食配給，未達標者則依程度減少配給。由於勞動基本定額的設定相當嚴苛，沒有人可以超越，卻有許多人一天只能拿到兩百克、一百五十克的黑麵包，身體因此日漸衰弱，達成的作業量變得更少，陷入惡性循環。

身體衰弱的人因為營養不良，夜裡在無人知曉的情況下默默死去。此時，原本長滿全身的虱子會一起逃竄出來，大家便知道有人死了。

這幾個月裡，松野的體重掉了將近十公斤，胸部的皮膚看起來就像是肋骨與肋骨間貼了張皺皺爛爛的紙一樣，躺下來時，感覺肚皮貼到了背脊，十分奇妙。他變得雙眼無神，動作緩慢，只是稍微絆到小石頭就會立刻跌倒。

2

「松野，我們要不要來辦個讀書會呢？」

山本幡男向松野搭話，是一九四六（昭和二十一）年邁入冬天的九月底。大家來到斯維爾德洛夫斯克已經過了半年左右。

松野和山本住在不同營房，少有機會碰面。一段時間不見的山本跟松野一樣消瘦，令眼鏡和鬍子看起來特別顯眼。

「讀書會？」松野對於「讀書會」這個像是搞錯場合的詞感到困惑，回問道。

「沒錯。如果放棄活著回去的希望，我們很快就會沒命了。不稍微動動腦袋的話，將來就算回到日本，也會因為變成俘虜笨蛋而派不上用場。」

松野將妻子和兩個孩子留在日本出征後，就這樣被帶來了西伯利亞。

儘管日本戰敗已經過了一年，收容所裡的俘虜至今仍延續著舊日本軍的體制。軍官或老士官那滿是補丁的軍服領子上依然別著階級章，要求俘虜間以軍階互相稱呼。有些軍官還會帶侍從兵，要他們洗衣服、拿食物，照顧自己的生活起居。過去是初年兵[1]或補充兵的人經歷一整天疲憊的勞務回到所裡後，也要被迫負責這些任務。

夜晚，營房會傳出要初年兵打起精神的摑巴掌聲，令松野有種自己還在滿洲軍隊裡的錯覺。也有些人頹靡喪志，認為「根本不會有дамой（歸國）的一天」。

1 舊日本陸軍制度中，入伍未滿一年的士兵即稱「初年兵」。

總而言之，人們一整天想的只有填飽肚子這件事。也因此，山本此時突兀的話語令松野耳目一新、茅塞頓開。

「活著回去……嗎？」松野低吟，「就這麼辦吧！」他不自覺脫口而出。

松野向櫻井俊男提起山本讀書會的建議，櫻井立刻便答應了。櫻井是松野在滿洲時的部隊同袍，從繳械至今，兩人一直都沒分開，感情特別好。

十月後，讀書會以山本為中心開始了。剛開始時，成員就在方便的日子裡互相招呼一聲，在營裡的「列寧室」集合。那是間鋪著木頭地板，六坪左右的閱覽室。

讀書會成員除了松野，還有櫻井俊男、難波武成、清水修造三人。

戰爭時，難波在牡丹江郊外遭蘇軍戰車部隊攻擊而受傷，直到戰敗那年的十一月一直待在拉古的臨時俘虜收容所，該收容所昔為關東軍第五軍的病馬廠，後來成為蘇軍的野戰醫院兼俘虜收容所。難波的膝蓋因傷口化膿差點就要截掉右腿，後來是因為傷口中湧出的蛆將膿血吸盡才好不容易得救。年輕的清水修造則是曹長難波的部下。

第一次讀書會時，山本講了《萬葉集》的詩歌。從〈防人歌〉開始話題後，眾人不禁興起一股思鄉的情緒，屋裡的氣氛頓時沉了下來。

大概是察覺到了這點，山本便說：「這樣下去感覺會變得跟守靈一樣呢。不如，我來講講愛情的詩歌吧。」

山本立即吟了另一首詩：「這首詩歌是在講男人追求女人對她說：『不管妳母親講什麼，都跟我在一起吧！』然後啊……」

山本搭配豐富的肢體語言解釋說明一番後，又朗聲吟了另一首詩：「深山玉堂遲遲待，何不推門赴我懷，霧煙縹緲，雲雨逍遙。」

松野和難波看著山本口中不斷出現一首又一首的《萬葉集》詩歌都非常驚訝。

繼《萬葉集》後，山本又冒出了佛教的話題。佛教主題中令難波印象最深刻的是，山本告訴他們小乘佛教是藉由佛力解脫，大乘佛教則是憑藉己身之力解脫，再以念珠數量為例說明兩者間的差異。山本的解說簡單明瞭，知識淵博又有趣，深深吸引了大家。

幾次讀書會下來，松野也漸漸期待起山本的講座。參加讀書會時，能讓松野忘記自己身在收容所的事實。

沒多久，山本開始以日文版的《聯共（布）黨史簡明教程》為文本。這本由蘇聯國立出版所發行的書籍，列寧室備有五、六本日文翻譯版。

山本在教授文本時曾提到這次的戰爭。

「各位覺得導致日本戰敗的最大因素是什麼呢？說什麼國力不如人是很奇怪的藉口吧？戰敗的原因在於『軍閥』本身的存在。」

山本說，軍人干政將日本拖向了錯誤的戰爭之路。現在，那種軍閥已經消失了，大家更應該思考日本的新方向。

過去身為一等兵的松野受的是戰前的軍國主義教育，經歷了兩年軍旅生活，因此覺得山本的每一句話都是戰前連說出口都很駭人的內容。然而，山本的話不僅有讓人理解、認同的強大說服力，也蘊含令人著迷的熱情，松野內心的衝突感不知不覺間便消失了。

自從以《聯共（布）黨史簡明教程》為文本後，讀書會改名為「學習會」。當收容所內也知道學習會的存在後，陸陸續續加入了一、兩個新成員，令松野他們十分高興。

然而，幾名前軍官某天把松野和難波叫過去訓斥：「山本通譯是共產主義分子吧？成為蘇聯俘虜還宣傳赤色思想，成何體統！」

幾個老士官罵得更是不留情面：「混帳東西！回祖國前我會先把你們統統丟到海裡！」雖然松野覺得就算山本是「赤色分子」也無所謂，卻有幾名難得加入的新成員退出了學習會。

不過，倒是沒有人當面痛罵山本，大概是因為山本是眾人跟收容所長與蘇聯監工談判時都會在場的通譯，有所顧忌吧。

進入十一月後，只有一座暖爐的列寧室寒氣逼人，一坐下雙腳便會冷得失去知覺。勞動後拖著疲憊的身軀參加集會不僅辛苦，最難受的是周遭冰冷的視線，因此也有人缺席。面對周遭這樣的氣氛，山本一點也不介意，只要有一個人來，就持續開辦講座。

第一個在西伯利亞迎接的正式冬天，嚴酷得超乎日本人的想像。

早上七點在營內廣場列隊準備點名前往工地時，所有人嘴邊都變成一圈白色——是呼出來便瞬間結凍的空氣。就算在配給的棉上衣和棉長褲外頭套上фуфайка（防寒棉外套），寒氣依舊刺骨逼人。

由於暴露在外，鼻子是最先會凍傷的部位。凍傷的鼻子會失去血色，變得蒼白，工作時大家雖然會彼此注意鼻子有沒有變白，卻仍有人因為鼻子嚴重凍傷而掉下來。

蘇聯人就不同了。氣溫低於零下二十度時他們才會表示「今天真冷」，只要是晴天，即使零下二十度也會說「今天真暖和」。

一九四七（昭和二十二）年五月一日，在這個寒意終於趨緩的第一個勞動節，收容所將所有俘虜集合在營內廣場上。學習會成員櫻井俊男發表了慶祝勞動節的演說，分享在學習會裡學到的內容，由山本翻譯給收容所方的蘇聯人聽。

勞動節後，收容所裡出現了顯著的變化。所方拔除了各軍官領子上的階級章，最大的收穫是，軍官不再像從前那樣要求大家以軍階稱呼彼此，除了年邁的內山少佐外，其他人身邊也不再帶著侍從兵。

說到變化，勞動節後，學習會的名字也改成了「同志會」。雖然山本沒有細說，但松野他們覺得應該是蘇聯方面的要求。

隨著學習會變成同志會並由山本擔任會長後，入會人數也開始增加，成員超過了四十人。有新加入的會員特地跑來跟松野說：「不管怎麼說，蘇聯那邊真信任山本通譯，山本通譯也和俄國佬處得很好吧。」

松野笑笑地聽過去。松野一點也不覺得山本會在蘇聯人之間長袖善舞。因為山本平常的觀點就是「馬克思主義基本上是擁護和平的思想」，他也曾親口告訴過松野，自己學生時代曾是社會主義者。

「我唸書的時候，是被盯上的問題人物喔。老爸雖然跟我說：『你做的事應該是有自己的想法吧。』沒有太囉嗦，卻特地從老家寄信過來，要我不可以跟老媽講社會主義的事呢……」

松野可以從山本的話裡感受到，山本對馬克思主義有某種好感與期許。

3

以日文印刷的《日本新聞》是從什麼時候開始貼在營房入口的呢？松野記不得確切的時間。俘虜生活會讓人喪失對日期的時間感。

松野萬萬沒想到來西伯利亞可以看到連日本國內情況都有提及的報紙，因此十分驚訝。

雖然收容所方要求俘虜們看《日本新聞》，但不只是松野，大部分人起初的第一個想法都覺得《日本新聞》很奇怪，難以習慣。報紙上刊載了一篇篇「透過階級鬥爭實踐馬列主義」的報導，但有些人連階級鬥爭中的「階級」究竟指的是什麼都無法理解。也有人咕噥：「我們又不是來蘇聯唸書的，是因為打敗仗被強迫帶過來的耶。」

說起報裡的日本內地新聞，內容多是饑荒和頻繁發生的罷工，盛讚蘇聯和宣傳共產主義的報導又特別顯眼，反而令人愈發懷疑這份報紙的可信度。

軍官們訓示大家：「最近蘇聯方面開始張貼可疑的報紙，那是他們的陰謀。希望大家絕不要被那種中傷和謠言欺騙，勿忘日本帝國軍人的驕傲，保持有條不紊的秩序行動。」

然而，人人都很渴求日本相關的新聞與日文印刷物，收容所每週一次張貼新報紙時圍在營房入口的人牆也逐漸增加。反覆閱讀下來，眾人心中對《日本新聞》產生的衝突感也越來越淡薄，逐漸被這份報紙吸引。

採用小報尺寸的《日本新聞》創刊於日本戰敗後不久的一九四五年九月十五日，至一九四九年十一月二十七日停刊為止，整整四年的時間共刊行了六百五十期。雖然沒有詳細的發行量數字，但據說全盛時期的發行量約達十萬份。

「起初，報頭題字是直書的『日本新聞』四字，內容以誇讚蘇聯威容為主。創刊號上是手持蘇聯國旗的海軍背著曼陀林槍而立的照片，一旁配上斗大的標題『殲滅日本精銳關東軍』。創刊號後，有段時間的印刷鉛字品質很差，編輯內容也不成熟。在使用《滿洲日日新聞》的鉛字後，《日本新聞》內容逐漸完備，越來越有報紙的樣子。一九四八年，報頭題字改為橫式書寫的

『日本しんぶん』，原本單調的版面也漸漸變得活潑多變，廢除了日本舊式假名，改用新式假名。」[2]

《日本新聞》創刊的一九四五年九月十五日，大約是日本戰敗後一個月，距蘇聯正式完成占領的九月九日不到一週。從這點可以看出，蘇聯很早便考慮發動日蘇戰爭，拘留日本俘虜強迫他們在西伯利亞勞動。報紙之所以在一九四九年十一月二十七日停刊，是因為在這一年內，除了被視為戰犯的人以外，大部分的一般俘虜幾乎都已歸國。

《日本新聞》報社位於哈巴羅夫斯克市列寧街上的一棟兩層樓建築裡。主筆是伊凡・高維蘭高（Ivan Ivanovich Kovalenko）中校（現蘇聯共產黨委員會國際部副部長），他曾為官方通訊社塔斯社的日本特派員，有八年留日經驗。

淺原正基是高維蘭高中校手下擔任日本主筆的其中一人。淺原模仿蘇聯外長莫洛托夫的名字，以相近的日文發音取了筆名「諸戶文夫[3]」，是高維蘭高的左右手，培養納霍德卡的「民主組織」，又前往各收容所策動「民主

2 摘自《日本新聞》，今立鐵雄編／著。

3 莫洛托夫的羅馬拼音為「Molotov」，諸戶文夫的羅馬拼音則為「Moloto Fumio」。

運動」（收容所內的共產主義運動，也稱民主化運動），被稱作「西伯利亞天皇」。

除了淺原，相川春喜（矢浪久男）、小針延二郎、宗方肇、袴田陸奧男、高山秀夫等人也都與這份報紙關係匪淺。此外，據說還有至少七十名的日本人從事印刷、排版、檢字等工作。

隨著學習會改名為同志會，收容所裡也開始了《日本新聞》的輪讀會。《日本新聞》刊載了關於蘇聯新一期五年計畫的說明，與各收容所「民主運動」的實踐情形。松野等人在讀報時搭配山本解說的過程中，也了解到蘇聯對待日本俘虜的方針。

同志會裡以曾是初年兵的年輕人為中心，還誕生了「青年行動隊」，是最熱衷於聽講的一群人。

難波自從來到斯維爾德洛夫斯克後便發憤學習俄語，也有請山本教導自己。當他進步到能熟悉簡單的會話後，成為了作業班長。

一次，由於蘇聯方面推給他們的規定作業量實在過於嚴苛，他便發難：「山本通譯，說到底，你的翻譯太溫和了。你要跟收容所他們更清楚解釋我們的立場啦。」

那時，山本冷淡地回應：「難波，你也考慮一下我們現在的處境吧。」難波覺得山本過於偏向蘇聯立場起了一肚子火。或許是察覺到難波臉上的不快吧，山本以安撫的口氣道：「對了，難波，你來當報導組的人吧。畢竟，大家關心的是食物和勞動作業的消息，我把通譯知道的事告訴你，晚餐時，你再以同志會新聞的形式報告給大家聽如何？」

儘管對山本的氣還沒消，難波還是接受了報導組的任務。

晚餐時間後，難波會以報導組的身分在餐廳向大家報告黑麵包與砂糖配給增加的時間點、新工地的狀況等內容為主的消息。食物報導大獲好評，所有人都專注地聆聽難波說話。

「難波，你一開始報導同志會新聞，大家全都會變得靜悄悄地聽你說話呢。很好，我們就這樣持續下去到дамой（歸國）的那一天吧。」

山本高興地拍著難波的背。難波雖不覺得討厭，卻也忍不住有種被山本牽著鼻子走的感覺。而難波心裡對山本的這個小疙瘩，是在同志會成員清水修造從工地回程路上車禍死去時解開的。

從工地回程的路上，清水乘坐蘇聯司機開的卡車，因卡車墜崖而亡。聽到意外原因是司機酒醉駕車後，難波氣得渾身發抖。對難波而言，從部隊時期就一直跟自己在一起的清水，是無可取代的夥伴。

難波在營房一角設置了靈壇，供上以白樺樹做的清水牌位，牌位前擺了空罐。他將makhorka（蘇聯菸草）切碎放入空罐取代線香。

與清水親近的人都聚在一起守靈後，蘇聯軍官立刻帶著衛兵進來命令他們解散，話才說完就突然動手破壞靈壇。

就在這個時候，山本臉色大變衝到軍官面前，激動地以俄語大喊。山本不斷大聲重複「我們不能解散」，毫不退讓，令聚在一起守靈的人都瞪大了眼睛。

那是來到斯維爾德洛夫斯克後，第一次有日本人敢於向蘇聯軍官反抗。從沒看過山本這樣氣勢洶洶的軍官也有些驚慌，擺出不滿的姿態後就離開了。守靈因此得以繼續。

山本吟詠了自己為悼念清水而作的詩歌：

故里迢迢異國處，青竹蒼蒼身埋骨。
夢裡難忘高堂影，心中遙想常孺慕。
寒風狂北涯，英年天不假。

烽火負征人，同悲悼兒郎。

山本潸然淚下，扯開嗓子高唱，令所有人都嚇了一跳。周圍的人也被吸引過來，跟著山本一次次吟唱。

山本悲泣的模樣就像一名失去學生的老師，第一次感動了難波。

4

十一月的某天，難波在工地聽到蘇聯監工弗拉波與技術軍官悄聲說：「山本那傢伙看起來很認真在辦同志會，想不到竟然是間諜。」

弗拉波總是向俘虜苛求過重的規定作業量，是日本人厭惡的對象。由於他一生氣就會滿臉通紅，眾人因此為他取了個「紅鬼」的綽號。難波不明白為什麼紅鬼說山本是「間諜」，一顆心在工作時忐忑不已。

回到收容所後，難波立刻向山本轉述自己在工地聽到的內容。山本微微沉思了一下卻說：「他們怎麼說都沒關係。總之，我們就用十二萬分的精神做同志會的活動！」

語畢，山本仍一如既往，笨拙地擺弄他那副以電線和膠布修補的眼鏡。

「不說他們了，難波，謝謝你啊。這副眼鏡的狀態越來越差了，真傷腦筋。」

難波覺得，山本似乎想逃避這個話題。

之後沒多久，山本的身影開始頻繁從收容所裡消失。

難波聽到傳聞，斯維爾德洛夫斯克市內的MVD[4]本部辦公室傳山本過去訊問。難波原本沒多想，只覺得山本應該是去負責通譯，很意外會有「接受訊問」的說法。而且不知道是不是難波多心，山本看起來似乎不大有精神的樣子。

難波擔心地追問山本，山本承認了傳言的內容。

「不過，你不用擔心。話說回來我好驚訝，他們那裡資料齊全，連我在滿鐵時的照片都有，似乎是從滿洲將滿鐵員工名簿到內部資料一個不漏全搬了回來。」

除了山本，收容所其他幾個人也開始遭到本部辦公室傳喚，所裡謠傳，

4　內務部，蘇聯國家安全委員會KGB的前身。

MVD本部似乎在調查大家成為俘虜前的經歷。接著，遭到傳喚的人一個又一個從收容所消失了身影。據說，他們全都是戰時從事憲兵或特務機關工作的人。

沒多久，蘇聯方面撤下山本同志會會長的位置，連通譯的工作也改由其他人替代。

與山本遭撤會長幾乎同時，蘇聯的政治部軍官開始在同志會集會上露面並向大家發表演說：「諸位要更加致力投入民主運動。所謂的民主運動，就是學習共產主義，讓你們民主化的運動。為了親手達成史達林五年計畫，要勤於勞動，回日本後加入共產黨。不久，日本就能變成蘇聯的第十六個加盟共和國。屆時，各位同志就會變成日本各地的指導者。」

收容所內的氣氛起了急遽的變化，連難波都很明白，蘇方的思想教育越來越赤裸。

一九四八（昭和二十三）年新年過後，山本突然從收容所裡失蹤了。

松野和難波都很擔心。然而，周圍的氣氛令他們不敢隨意向他人詢問。據說，有人為了一條黑麵包成為臥底，向蘇聯檢舉同伴的言行或過往經歷。實際上，也的確有人在廁所一時大意，說出自己曾當過憲兵因而遭到舉報，被帶到MVD本部接受訊問。

列寧室的入口立起了「民主本部」的看板，屋裡的牆上掛著列寧和史達林的畫像。同志會的聚會上開始唱起〈國際歌〉，青年行動隊的成員在營房四處貼上「世界和平的堡壘，蘇聯萬歲！」、「打倒天皇制・建設民主日本！」的傳單。

該年三月中旬，松野以斯維爾德洛夫斯克收容所代表的身分前往參加烏拉區的民主主義指導者會議。他是在出發前一天收到政治部軍官要求出席的命令。

山本失蹤後，同志會中資歷最長的松野被推舉為會內核心人物之一。然而，三十八歲的他對擔當民主運動積極分子而言已經太老了。在集會等場合中，青年行動隊的年輕人會對松野施加龐大的壓力，不滿他執行民主運動的方法太溫和。

舉辦指導者會議的收容所聚集了多方人馬，包含三十名左右從整個烏拉區俘虜收容所裡集合的日本代表、蘇聯政治部軍官和日本通譯。會議主題以「今後民主運動的實施方式」為中心，要大家討論如何建立民主組織與培養積極分子。與其說會議是由日本人自己進行，不如說從頭到尾都是由蘇聯單方面主導。

當晚，收容所餐廳為歡迎大家舉辦了才藝大會。該間收容所的日本俘虜又是演唱勞動歌，又是跳舞的熱情徹底淹沒了松野。

才藝大會後，松野在營區內尋找自己床鋪分到的營房時，誤入了某棟營房。就在他環顧營房一圈後，突然有人喊他：「松野……」

松野嚇了一跳，往聲音來源的方向看去，只見某個人從一間小房間的小窗柵中向他招手。松野靠近，藉由小窗柵透出來的微弱燈光，確認浮現的人臉後不由得驚呼：「山本，你不是山本嗎……」

呼喊松野的人，是山本幡男。雖然他還是戴著圓眼鏡，下巴卻長滿鬍子，雙頰枯槁瘦削。

「原來你平安無事……」

「嗯，如你所見，我努力撐下來了。」

「到底發生了什麼事……」松野急忙問。

「說來話長……」山本只簡短回答，接著，他像是想再說什麼卻又嚥了回去，隨即小聲道：「松野，要是被人發現就糟了，你快走。」

山本揮手催促松野趕快離開。

松野慌慌張張環顧左右，好不容易擠出一句「總之，你要保重……」匆忙離開了小房間。

山本的樣子顯然遭到監禁。然而，即使松野在隔天回斯維爾德洛夫斯克的途中試圖思索，也想不出山本遭到監禁的理由。

回到收容所後，松野將遇到山本的事藏在心裡，連難波也沒提起。

斯維爾德洛夫斯克收容所裡只要集會就會有紅旗飛揚，往返工地的路上，大家也開始唱起〈國際歌〉和其他各式各樣的共產主義勞動歌。

俘虜間流傳著積極參與民主運動就能дамой（歸國）的謠言，除了少數人以外，大部分的俘虜都前仆後繼參加了同志會。

約莫在八月底，短暫的夏天結束後，山本回到了斯維爾德洛夫斯克，距離他從收容所消失已經隔了八個月。

回來後的山本絕口不提自己是因為什麼理由遭到監禁，松野也不去觸碰這個問題。山本與過去相比，簡直判若兩人，不僅不參加同志會的集會，也越來越常看到他不發一語，陷入深思。

在那之後不到一個月，一九四八（昭和二十三）年九月，蘇聯突然公布將歸還日本俘虜。收容所裡的日本人以五百人為單位，分為九月出發與十月出發組。九月組的梯團長由內山少佐擔任，松野和山本也一起被編入該組，難波則在十月組。蘇方再次將九月組的通譯交給山本負責。

眾人開始手忙腳亂進行歸國的服裝檢查、個人物品檢查，製作裝飾歸國列車外觀的標語牌，收容所難得充滿吵吵嚷嚷的活力。沒多久，先行出發的九月組人員排好隊伍，一邊唱著勞動歌一邊離開待了兩年半的斯維爾德洛夫斯克俘虜收容所，一路朝車站行進。

兩個月後，難波在納霍德卡於先行出發的九月組會合後，才從松野口中知道山本在抵達哈巴羅夫斯克前被趕下了歸國列車。

第二章　赤色寒流（Морозов）

1

一九四八（昭和二十三）年九月底，無人清楚山本在抵達哈巴羅夫斯克前，被趕下歸國列車後遭蘇軍帶往何處。然而，大約一個月後的十一月初，有人在哈巴羅夫斯克區的第十八收容所看到了山本。

目擊山本者，是進入同一收容所的橋本弘道和畑裕一。昭和三十一（一九五六）年兩人歸國後，在提交給厚生省的報告書中分別提到了山本。

橋本剛好是在「十月革命紀念日（十一月七日）」的幾天前從中亞地區的收容所移送至第十八分所。剛抵達第十八分所，營內馬上召開了群眾集會。

所裡的人要求橋本這二十幾名新來的成員，在眾人面前自我介紹。

自我介紹一結束，一群剃著光頭的年輕男子立即大罵：「這次進來的人，全都民主意識落後！」

年輕人包圍橋本等人，逐一將他們拋起摔到地上。接著，一邊踩踏他們的身體一邊喝叱：「反動分子！」、「法西斯主義走狗！」展開粗暴的批鬥。

對橋本他們施加私刑的年輕人全都是領導民主運動的積極分子。橋本大受衝擊，哈巴羅夫斯克區民主運動的激進可怕，與自己之前待的中亞收容所截然不同。

之後，這種批鬥每天早晚進行兩次，橋本表示：「他們將山本幡男先生那樣的人視為頭號目標。」

畑裕一的證詞也幾乎相同，描述了山本幡男遭積極分子視為「頭號目標」受盡折磨的樣子。

「那些人對山本幡男先生的批鬥尤為激烈，山本先生在二十四小時一波又一波的攻擊下極度虛弱。有兩、三個哈巴羅夫斯克《日本新聞》報社的積極分子住在第十八分所指導這樣的批鬥。」

畑裕一也在積極分子批鬥時鼓動眾人的話中，推測出山本成為他們眼中釘的理由。那些人大罵：「山本是反蘇元凶，滿鐵反動分子！」、「各位同志！反動分子山本不僅待過滿鐵，還曾是特務機關的一員，對祖國蘇聯進行間諜活動！」

只要一舉辦群眾集會，山本和其他幾人便會被拉到眾人面前。積極分子會肩並肩包圍目標，一邊吼著〈國際歌〉一邊縮小圈圈，推擠、撞擊他們。執拗反覆幾次後，解開圓圈的積極分子便開始朝他們謾罵：「反動分子！」、「法西斯主義分子！」、「間諜！」周圍的人則競相應和「同意！」、「同意！」。從頭到尾，蘇聯政治部軍官都遠遠在一旁注視一切。

批鬥過程中，山本就像是已經放棄抵抗，始終閉著眼睛忍耐。

日本俘虜回到舞鶴後接受調查訪問後，厚生省統整出一份《引揚[5]援護紀錄》，根據紀錄上的資料，蘇聯境內各地收容所颳起的西伯利亞民主運動，其進程分為三個時期：

第一期　懷柔期（初抵蘇聯時）

5 日文中特別用來指稱戰敗後從各地撤返國人回本島的行為。

第二期　增產期（抵蘇一年後）
第三期　教育期（昭和二十三年起）

若將山本從斯維爾德洛夫斯克俘虜收容所，到哈巴羅夫斯克第十八分所時期的遭遇與這三個時期重疊，他的輪廓與陰影便會像投影畫一樣清晰起來。

在民主運動第一期中，蘇聯的優先目標是將日本俘虜當作經濟建設的勞力以復興國土。蘇方保留日本昔日的軍隊組織，直接轉移到作業大隊上，也刻意不干涉軍官、士官、士兵間的階級差距。部分軍官不僅得以免除勞役，在某些收容所的糧食配給也優於一般士兵。

海牙公約中的俘虜條約包括「士官、士兵要服從收容所長命令，從事一切勞動」（第十四條），軍官的部分則是「依照個人希望及選擇勞動」（第十二條）蘇聯基本上是根據這些條目處置俘虜。

然而，由於戰敗後的軍人已喪失戰鬥目的，蘇聯維持舊日本軍組織的做法挑起了下級士兵的不滿與憤怒，令日本軍官和士兵間產生裂痕。

在那些不滿的下級士兵中也有大學畢業的知識分子。民主運動第二期，蘇聯便以此為基礎，透過《日本新聞》和其他單位巧妙的指導，展開「反軍」

鬥爭與「反帝國主義」鬥爭。「反軍」鬥爭以瓦解舊日本軍體制和學習馬列主義的方式進行。山本在斯維爾德洛夫斯克開始學習會的活動也恰好是在這個時期。可以說，山本也參與了一部分斯維爾德洛夫斯克的「反軍」鬥爭。

「反軍」鬥爭的核心人物多是像山本這樣曾經參與過社會主義運動的知識分子。

這些知識分子在蘇聯的指導和鼓勵下，透過以《聯共（布）黨史簡明教程》等書籍為文本的學習會與《日本新聞》輪讀會雙管齊下，一點一滴灌輸俘虜馬克思主義，開始孕育西伯利亞民主運動的支持者。

然而，一九四七年秋天起，這些當初擔任指導角色、於戰前就抱持左翼思想的人和知識分子逐漸遭到驅趕。原因可能是從蘇聯的角度來看，山本將學習會改名為同志會後進行的指導，就像大學講座一樣，過於偏向教養主義，與實踐有很大一段距離，因而相當不滿吧。

蘇聯追求的人才，是會無條件接受自家政府推出的實際政策，並積極實踐共產主義運動的人。

他們希望擔綱民主運動推手的，是農工階級出身的年輕積極分子。這些人在來到西伯利亞後第一次接觸到馬列主義，熱中投入活動。因此，蘇聯以建立年輕世代的「民主組織」為目標，挑選合適的人送往地區政治學校或地方政治學校。經過三個月左右的教育回來後，大部分人的思想都已遭到洗腦，成為意志堅定的積極分子。

在培育這些積極分子的同時，蘇聯也從這年初冬開始在各收容所獵捕「前職者」。

所謂「前職者」，主要是指戰時從事「對蘇諜報任務」的人。具體來說包含關東軍高級將校、情報參謀、國境守備隊、機動部隊指揮官、特務機關人員、憲兵、關東軍俄語教育隊出身者、細菌武器與司法相關人員、於華北和中共作戰，俗稱「衣兵團」（第五十九師團）的兵將、滿洲國政府官吏、滿鐵調查部北方調查室員、哈爾濱保護院相關人員等。

山本於斯維爾德洛夫斯克收容所時經常遭ＭＶＤ本部辦公室傳喚，從收容所中消失也是在這個時期。

第三期開始，民主運動從「反軍」鬥爭轉為對「反動分子」的鬥爭。「反動分子」一詞在西伯利亞民主運動中，帶有「反蘇分子」和「反民主主義者」的意涵。

「一個人是否為民主主義者全憑他對蘇聯的忠誠來顯示。對蘇聯不忠就是反民主主義，對蘇聯忠誠就不是反動分子。」[6]

被視為「反動分子」者幾乎都是「前職者」。

也就是說，「前職者」＝「反動分子」＝「反蘇分子」＝「反民主主義者」。

然而，實際上是否從事諜報活動並非重點，有時連特務機關的司機或在裡面打雜的人也都被算進「前職者」中。

山本曾經待過滿鐵調查部中負責研究蘇聯的北方調查室，奉召入伍後有半年左右的時間隸屬哈爾濱特務機關。他因俄語能力獲得上級賞識，分配到文書諜報班（第二班）後，負責翻譯蘇聯的報章雜誌。滿鐵北方調查室和特務機關的經歷使他成為擁有兩個「前職」的重點「反動分子」，所以才被年輕積極分子視為適合批鬥的目標吧。

許多成為「反動」鬥爭對象的人跟山本一樣，初期在各收容所都擔當領導者的角色，也都是在戰前就信奉或支持社會主義的知識分子，在學校受到馬克思主義洗禮，擁有大學學歷。他們之中有不少人精通俄文，諷刺的是，

6　摘自《西伯利亞俘虜收容所》，若槻泰雄著。

卻因此在戰時被迫以翻譯或其他工作的形式執行對蘇情報相關任務。

第三期的西伯利亞民主運動之所以會演變成一場災難，是因為在這期以「反動」鬥爭為中心的民主運動中，蘇聯將俘虜們最大的心願——дамой（歸國）當成策動運動的誘餌。以是否積極參與鬥爭為餌增添了各種悲劇，像是收容所裡日本人自己批鬥自己的同胞，或是「操死反動分子」，強迫反動分子執行過分嚴苛的勞動等等。

橋本弘道和畑裕一在哈巴羅夫斯克第十八分所時之所以會對民主運動的激進程度感到驚訝，有很大的一部分原因也是因為這裡位於《日本新聞》的眼皮子底下，是西伯利亞民主運動的大本營。

橋本不停被迫從事鏟雪、採石、從磚廠搬運磚頭等勞動。鏟雪和採石時，「民主組織」的積極分子會配備厚手套與特製防寒靴，但「反動分子」橋本卻得不到這種裝備。搬運剛出爐的高溫磚頭時也一樣，橋本沒有收到預防燙傷的裝備，最後因燙傷和過勞而倒下。人雖然是送到了醫務室，但日本醫生卻畏懼積極分子的視線，不幫被貼上「反動」標籤的橋本做任何治療。最後看不下去而和醫生交涉的人，是蘇聯的監視兵。

畑裕一也被積極分子丟到各個作業內容苛刻的工地裡。食物配給遭減半的畑裕一因營養不良和過勞而倒下，積極分子卻對病房裡的他說：「反動分子在裝病。」將他趕出病房。

不少人在這場同胞推動的民主運動中受盡折磨而死。所方會在白樺樹下挖洞，將死者埋在裡面，因此死者又被叫做「白樺派」。

畑裕一表示：「當時的口號是『讓反動分子做白樺肥料！』處理死者就像丟棄貓狗屍體一樣。」

2

一九四八（昭和二十三）年十一月底，鹿兒島縣出身的橋口松男在哈巴羅夫斯克的 тюрьма（監獄）病房認識了山本幡男。

橋口曾是特務機關人員，因同僚向蘇方檢舉而入獄。蘇聯的監獄分別由國家安全部和內務部管轄。國家安全部的監獄外觀塗著白漆，因此叫做「白 тюрьма（監獄）」，關押政治犯；內務部的監獄則由紅磚砌成，叫做「紅 тюрьма（監獄）」，用於一般罪犯。橋口去的地方是紅 тюрьма（監獄）。

監獄裡設置了一種名為「棺材板」或「衣櫃」的箱形刑具，長兩公尺、寬七十公分。犯人被放入上鎖的「棺材板」內後將面對一片漆黑，只能站著，無法動彈。據說，只要在裡面待兩個小時，再凶狠的囚犯都會痛苦求饒。這副「棺材板」同時也是床蝨的巢穴，被脫去衣服的囚犯會成為床蝨的攻擊目標。起初，犯人會試圖盡可能扭動身軀避開床蝨，但在筋疲力竭後，只能任由床蝨吸血。

橋口每天都會進入「棺材板」好幾次。最後，他終於虛弱得失去意識，待回過神時，自己已在紅監獄的病房裡。

恢復意識的橋口環顧病房一圈，發現對側躺著一個男人。橋口主動報出自己的姓名後，對方回道：「我叫山本幡男。」

為了表示對山本這個病房先到者的敬意，橋口問道：「請問這裡有什麼需要注意的事項嗎？」

「這個嘛，大概就是安安靜靜睡覺就好。」

山本只回答了這句，似乎連開口都嫌麻煩的樣子。橋口也因為疲憊和倦意沒有力氣再說話，不知不覺間睡著了。隔天早上醒來後，護士拿來了浮著油的馬鈴薯湯、加了燕麥的卡莎粥過來，甚至還有橋口來蘇聯後從未看過的白麵包。

「這些全部，都是給在下吃的嗎？」橋口問。

山本躺在床上，微微點頭。

「打從來到西伯利亞後，這是我第一次吃到這種餐點……」

橋口喃喃道，塞了口白麵包放入嘴裡，結果卻因身體太虛弱幾乎無法負荷。橋口瞥了一眼山本的方向，山本的白麵包果然一動不動留在原位。發燒令橋口四肢無力、口乾舌燥，他喝下馬鈴薯湯後又睡著了。

當橋口再次醒來時已經是早上。囚犯在監獄裡睡的是水泥臺，只有病房才有木床還配給毛毯。然而橋口的臀部幾乎已沒有肉，即使躺在床上，尾椎骨也會陣陣抽痛。隔壁的山本似乎也憔悴不堪，常處於閉目狀態。山本比自己早進入病房，從這點來看，橋口推測這個男人大概也受了不少積極分子的私刑和「棺材板」的苦頭吧。

橋口心想，隔壁床的山本或許跟自己有一樣的經歷，因戰時從事類似的工作而遭到收容所同伴檢舉。儘管這麼猜測，但要是因為隨便說話引發什麼禍端就糟了。因此橋口決定「嘴巴用來吃東西就好」，不過問任何事。

安置在病房三、四天後，橋口感覺身體的狀況逐漸好轉。自從被抓來西伯利亞後，橋口可說是第一次過上這樣平靜的日子，甚至產生自己在天堂的錯覺。這裡不僅不用勞動，最令人高興的是可以不用面對積極分子的批鬥。此外，再獲得湯、卡莎粥和白麵包的話，監獄也是極樂世界。橋口希望盡可能延長留在病房裡的時間。

然而，橋口每天只是盯著天花板，幾天下來後，歸國彷彿成為虛無縹緲的夢，自己最後可能也會曝屍在這塊土地上的念頭啃蝕著自己。

橋口陷入傷懷，想念起在滿洲奉天的日子。

昭和十六（一九四一）年七月，橋口松男奉召入伍，分入哈爾濱第三四五部隊，負責隊上無線通信的任務。

橋口收到妻子來信，信上說橋口出征後妻子回到山口縣娘家，生下了一個男孩。那是橋口收到最後一封來自內地的信。不曾抱過一次的兒子如今應該也七歲了。一想到在日本帶著三個孩子的妻子有多辛勞，橋口便感到意志消沉。

橋口想到了出征那天早上，一家四口圍在飯桌前的情景。他對六歲和四歲的女兒說：「爸爸要去打仗了，妳們要乖乖聽媽媽的話，當個好孩子喔。」

兩個女兒輕輕點頭的模樣，深深烙印在橋口的腦海裡。

橋口告訴自己，回到日本前只能珍惜生命好好活下去。他看向另一側的床頭，山本還是一如既往，直勾勾地盯著天花板。

護士每天會來巡視病房一、兩次，看見山本以流利的俄文和護士對答後，橋口心想這個人是不是也曾是學校的老師呢？

「你俄文說得真好。」橋口道。

「哈哈，畢竟我唸書的時候就在學俄文了。雖然最後被退學就是了……」一陣沉默後，山本再度幽幽開口：「我唸書的時候參加了左翼運動，結果當局把我列為問題人物，大學也因為這樣退學……」

鄰床男子意外的一面令橋口吃了一驚。對橋口而言，光是「左翼運動」四個字就有很強烈的「赤色分子」色彩。那樣一個赤色分子被赤色思想大本營蘇聯俘虜甚至送進監獄，這是多麼諷刺的命運啊。

「日本是個好國家。打輸了或許反而是好事……但是，就算把現在這個國家的這種共產主義帶進日本，終究也沒有用吧。」之前從未主動開口的山本斷斷續續道。

那過於直白的內容令橋口憂心，環顧了病房一圈。確定周圍沒有人後，橋口說：「在下很不喜歡共產主義這個東西。但是，我們不知道何時能回去那個美好的日本，也不知道是否能活著回去，不是嗎？」

橋口的口氣忍不住帶著質問。

「只要活著，一定會有回去的一天。」

山本看向橋口，露出平靜的微笑。山本看起來雖然老成，眼睛卻意外炯炯有神，他肌膚枯槁，四肢瘦弱得彷彿隨時會斷掉。拖著這樣的身體，真虧他撐著還沒死。橋口在奇怪的事情上佩服起山本。

一九四八（昭和二十三）年十二月下旬，進入紅監獄大約一個月後，橋口遷出了病房。

「行李拿著到外面去！」依舊躺在床上的山本為橋口翻譯守衛說的俄文。說是行李，其實也只是在骯髒的小布袋裡放了破布、用來代替碗吃飯的空罐和一支自製的白樺木湯匙罷了。

「那麼，你保重。」橋口說。

山本輕輕揮了揮手。

來到房門口時橋本回頭，發現山本直勾勾地盯著自己的方向。

橋口心想，這個男人離死期不遠了吧——

3

山本幡男，生於明治四十一（一九〇八）年九月十日的島根縣隱岐郡西島町，是山本家的長男，下有五個弟妹。大正十五（一九二六）年四月，以優異的成績從松江中學畢業後，進入了東京外國語學校（現東京外國語大學）的俄羅斯語科。山本的朋友都以為他會念第三高等學校再考取京大，聽聞他進入外國語學校的消息都感到不可思議。

山本自己雖然也想念三高，但由於弟妹眾多，在父親說服他念專門學校後便斷了這個念頭。之所以選俄羅斯語科，是因為他從松江中學時代起便著迷於俄國文學。

大正十五年，山本剛好進入東京外國語學校的那年，木下杢太郎[7]曾如此敘述時下年輕人的風潮：「今日的有為青年似乎都開始傾向於研究社會科學，日本現代文學已無法感動他們。」

7　日本詩人、劇作家、翻譯家、美術史／語學史家、皮膚科醫學家。

昭和初期接受大學教育的人都會以某種形式受到馬克思主義的影響，山本也不例外。山本參加校內的社會科學研究社，也和其他大學的社團互相交流、學習馬克思主義。他們沒有書籍，幾乎都是傳閱以油墨印刷的文獻。

在山本即將於東京外國語學校畢業之際，日本爆發了三一五事件。昭和三（一九二八）年三月十五日，一千五百六十八名共產黨員及其支持者全數遭到逮捕，山本也在傳遞訊息的路上遭警方捉拿，受到退學處分。

當時，山本的家人已經搬到福岡縣戶畑。父親山本徹辭去隱岐小學校長的職位，在戶畑煤炭生意做很大的親弟弟身邊幫忙。

戶畑老家收到山本遭到逮捕的通知時，母親麻鄉剛好前往隱岐娘家照顧生病的外祖母不在家。儘管父親山本徹隱隱約約知道兒子幡男跟社會主義運動有所牽扯，畢業之際退學這件事還是令他備感震驚。

「媽媽要是知道這件事會擔心得睡不著，不要告訴她。」

山本徹對長女千乃千叮嚀萬交代。沒有多久，山本的父親便病逝了。

當時，山本的主任教授八杉貞利擔心學生的處境，為了讓山本復學想方設法奔走，好不容易促使學校讓步，承諾只要山本交悔過書便讓他畢業。但據說山本卻毅然決然拒絕，遞出退學申請。

當初和山本一起被逮的友人之後雖然復學，山本卻直接回到九州戶畑老家，為了照顧母親和四個妹妹，在叔叔的店鋪幫忙。昭和八（一九三三）年，山本與在隱岐擔任小學老師的是津保志美結為連理。

昭和十一年三月，二二六事件[8]的隔月，山本前往滿洲進入大連的滿鐵調查部後，因俄語能力獲得賞識分配到北方調查室。

山本進入大連市滿鐵調查部北方調查室後，沒多久便發揮足以領導內務班的實力，其彙整的「蘇聯經濟地理配置」報告，在滿鐵社內也備獲好評。

此外，山本還負責彙整「蘇聯戰力調查」報告。這份報告是關東軍要求三菱研究所與東亞研究所製作，再由滿鐵調查部承包調查。起初，蘇聯將鋼鐵業和其他核心重點產業沿國境配置，後來為了準備對抗德國而將產業移向內陸。山本在報告中也有指出這點，成功預測蘇聯會轉變方針。

一九四一（昭和十六）年六月二十二日，當德軍以雷霆萬鈞之勢跨越蘇聯國境時，大部分滿鐵調查部的員工都預測莫斯科將會淪陷。山本卻慷慨激

8 一九三六年二月二十六日，日本陸軍皇道派年輕軍官發起的政變，二十九日遭到鎮壓，以失敗告終。此後，軍中便以統制派為中心，掌握了更大的政治發言權。

昂，極力主張蘇聯會取得最終勝利：

「德軍雖然一路告捷，但想補給石油卻困難重重，重點在於何時能攻下高加索區的巴庫油田。但在這之前，蘇軍應該會集中火力反擊吧。德軍最後會跟拿破崙一樣面臨嚴酷的寒冬，在莫斯科城下撤退。」

北方調查室的人分為親德與親蘇兩派，山本是親蘇派的中心人物。

有段時間，北方調查室的人因好玩流行取俄國筆名。山本的好友堀場安五郎自稱「彼得・拉吉歐諾畢基・索拉維約夫」，彼得是俄羅斯彼得大帝，拉吉歐諾畢基是愛講話的意思，索拉維約夫則是由夜鶯的俄文「索拉維」而來。山本則叫「伊凡・戈拉斯諾瓦」。伊凡是「伊人非凡」，戈拉斯諾瓦則是將俄文的山「戈拉」與根本的本「奧斯諾瓦」組合起來。

日本戰敗後，幸運回國的堀場從認識的人那裡聽說山本從牡丹江俘虜收容所被帶去蘇聯時的樣子。據說山本當時說：「我會利用這個機會，親眼瞧瞧蘇聯這個國家。」

堀場心想，這實在太像親蘇派的山本會說的話了。

4

山本在紅監獄病房目送橋口離開五個月後，出現在哈巴羅夫斯克市南郊外的收容所，人稱「地獄谷」的囚犯集中營。

集中營位於山谷中的溼地，即使白天也照不到什麼光線，營裡關押的都是蘇聯國內犯下強盜殺人的罪犯，窮凶極惡，是無人不知無人不曉，最駭人的收容所。

進來這裡的日本人，身上的物品會立刻被蘇聯囚犯搶走，還有人被拖進倉庫，遭鉗子拔掉金牙。別說是眼鏡了，棉衣上的鈕釦、勾釦被扯下來這種事更是屢見不鮮。

此外，這座集中營就由這些囚犯管理，浴場、理髮所、伙房、洗衣場等地全都歸囚犯老大統治。伙房老大會苛扣日本人的食物，營內大約三十名的日本人每天都只能領到規定量以下的糧食。不僅如此，作業班老大也會派日本人去作業內容嚴苛的工地，連他們的勞動份額也要做。因此，營內有將近三成的日本人因營養不良和過勞而死。

北海道出身的新森貞在此處遇見山本，是一九四九（昭和二十四）年五月的事。

新森和其他十幾名日本人被迫在木製的浴場更衣室生活。囚犯入浴時會將日本人趕出去，直到他們洗好澡離開，眾人才終於得以休息。更衣室也是床蝨的巢穴。半夜只要豎起耳朵，便會聽到床蝨發出微微如雨聲般的沙沙聲響朝他們襲來。隔天早上，大家的臉都腫得像氣球。

五月的某天，一名骨瘦如柴的眼鏡男走進了這間更衣室。男子的衣服不但骯髒不堪，似乎也吃了囚犯一頓苦頭，鈕釦和勾釦都遭扯下，敞著前襟。由於男子一臉黑黝黝的鬍子蓬亂茂盛，更衣室裡的人以為是西伯利亞的少數民族誤闖進來，皆遠遠望著他。

接著，看起來虛弱的男子卻以清晰的嗓音自報姓名：「我叫山本。」

原來是日本人！意外的發現令原本望著山本的人群中傳出近似嘆息的驚呼。新森再次感嘆於山本那一身難以形容的髒汙，也為本人的不以為意產生莫名的欽佩。

新森馬上教山本製作棉衣鈕釦的方法。這裡的囚犯會將配給的黑麵包揉硬風乾再做成鈕釦，新森看著看著便學了起來。然而，山本笨拙的手藝實在讓人看不下去，新森便替山本做了鈕釦。

這座收容所的主要工作是鋪設鐵路，第二天起，新來的山本也加入了工程。鋪設鐵路的工程中，運土整理路基對虛弱不堪的身體而言是相當嚴苛的工作。

搬運泥土用的是名為тачка的單輪手推車。тачка（單輪手推車）的車斗從把手到底板全都由剛砍下的白樺樹製成，加上輪胎，本身就有相當的重量。由於推тачка（單輪手推車）時輪子會陷入泥土裡，還必須先為行進路線鋪設圓木。

整理路基時，眾人各自掘土堆，本就相當沉重的тачка（單輪手推車）再堆上泥土，重得彷彿會卸掉一雙手臂。不僅如此，保持單輪車的平衡也很費勁。

這樣的重度勞動只要持續一週就能令人雙頰凹陷，但山本還是以不穩的姿勢推著тачка（單輪手推車）。

嚴苛的基本作業量難以達成，日本俘虜一天天過著減少食糧的日子，因空腹和營養不良而走路搖搖晃晃。午餐時，大家便隨手抓工地上的野草塞嘴裡。野草苦澀難以下嚥，便撈水窪中的水放到工作水桶裡煮一煮，捏成團吃下去，雖然嘗起來極苦，至少能墊墊胃。只要吃這些野草，就會像蠶一樣排出綠色糞便。

蘇聯監視兵看著他們譏笑：「日本人是牛啊。」

曾與山本一起待過紅監獄病房的橋口松男，先去了泰舍特收容所後，又在好幾間收容所間輾轉，最後果然也被關押進了「地獄谷」，卻似乎因為時間錯開，沒有碰到山本。

橋口在病房和山本分開後遭人押進卡車，前往哈巴羅夫斯克市的劇院接受審判。審判採非公開形式，軍事法庭就設在劇院的舞臺上，背面掛了一幅等身大的史達林畫像。舞臺正中央是審判長，另外只有貌似法官和檢察官的男人，沒有辯護人。

橋口立在觀眾席前，左右站著兩名衛兵。

由於橋口在紅監獄中已經在蘇聯單方面製作的供書上簽名畫押，審判因此也沒有訊問，相當簡短且形式化。穿著便服的通譯男子向橋口宣告，他犯了「對蘇謀略劃諜報行為」與「虐待共產黨員及進步分子」兩項罪，合共刑期三十五年，有鑑於整體犯罪內容，最終判處二十五年的矯正勞動。

那些蘇聯視為戰犯的日本人大多跟橋口一樣，被套用了蘇聯國內刑法第五十八條。這第五十八條為一九二七年蘇維埃社會主義共和國聯邦第三次中央執行委員會通過的「國家犯罪」相關條例。蘇方對日本戰犯套用的法源是其中的第四項與第六項。

蘇聯刑法第五十八條第四項為「資本主義幫助罪」：「向不承認共產主義制度平等權並致力於顛覆共產主義制度的國際資產階級提供幫助，抑或隸屬於受此類資產階級影響下所成立或其直接培養之社會組織、團體，對蘇維埃社會主義共和國聯邦展開敵對活動，其刑責如下——」

法條上記載，犯此罪者輕則沒收財產併處三年以上徒刑，重則槍斃。

滿洲國高官與滿鐵等國策會社[9]員工皆適用此項。

另外，第五十八條第六項的間諜罪記載：「間諜行為，意即將需要特別保護的國家機密情報交付外國勢力、反革命團體或其他個人，抑或是以交付為目的之蒐集行為，其刑責如下——」

致損失情節嚴重者槍斃，或沒收財產併終身驅逐出蘇維埃社會主義共和國聯邦。原為滿洲國警察、司法相關人員或滿鐵調查部北方調查室員、特務

9　日本政府在中日甲午戰爭至二次大戰結束期間，為了推動國策，協助、指導民間成立的半官營公司。

機關人員的日本人多適用此項目。

無論是「國際資產階級幫助罪」或是「間諜罪」，全都是蘇聯取締國民的國內法律，卻強制套用在日本人身上。

審判相當形式化，有的法官在庭上打瞌睡，還有女法官一邊餵奶一邊向底下宣判二十五年的刑責。此外，有執行審判已經算好的了，因為這類審判有一半以上都是被告本人不在場的缺席審判。

山本的審判大概與前特務機關人員橋口類似，但不確定判決內容是否為二十五年重度勞動。由於山本曾經待過滿鐵調查部北方調查室與哈爾濱特務機關，蘇方應該是以第五十八條第六項的「對蘇謀劃諜報行為」的間諜罪名將其構陷為戰犯吧。

判決後，這些日本人由「俘虜」變為「戰犯」。關押他們的收容所正式名稱為「矯正勞動收容所」，原意是透過勞動「矯正」反對蘇維埃體制的人，但由於日本人在裡面不斷被迫從事嚴苛的重度勞動，因此被日本人稱為「強制勞動收容所[10]」。

10 「矯正」與「強制」的日文發音相同，皆為「kyousei」。

一九四九（昭和二十四）年夏天，蘇方將「地獄谷」裡的山本和新森等被視為戰犯的二十幾名日本人，移至哈巴羅夫斯克市內的蘇聯矯正勞動收容所第六分所。

由於第六分所在大火後長年遭到棄置，因此山本一行人抵達後看到的，是一片宛如垃圾場的空地，到處都是燒焦的木材和腐爛的空罐。

第六分所慘遭祝融，發生於山本待在斯維爾德洛夫斯克俘虜收容所的一九四七年十二月十六日清晨。第六分所在戰時原是卡岡諾維奇戰車工廠的一間宿舍，由於臨時改為俘虜收容所，因此僅由簡陋的木造平房組成。包含兩名德國人在內，這裡關押了四百名日本俘虜，其中還摻雜了十幾名滿蒙開拓團在當地徵召的士兵，都是些十六、七歲的少年兵。

那天早上，收容所北方的乾燥室起火，加上北風的推波助瀾，火勢一口氣蔓延開來。

收容所有兩個出入口，北邊出口已經遭火焰吞沒，俘虜們便衝向南邊的出口。但幾天前為了防止寒風灌入，那道由兩扇門片組成的大門已經釘死。亟欲衝出狹窄出口的眾人，在互相推擠的過程中吸入大量濃煙。據說，隔天早上整理災後現場時，人們在大門附近發現了一百二十二具，如疊羅漢般層層疊起的屍體。

儘管火災後已經過了一年半，第六分所仍維持當時的慘狀。大火後殘留下來的部分餐廳，從那天起便成為山本一行人的宿舍。當晚，每個人拿到一條毛毯，就睡在骯髒不堪的木地板上。

隔天早上，眾人便開始整理火災後的殘骸與重建工程。工程的木材由外部運送進來，日本人混合蘇聯工匠從半毀的餐廳開始著手重建。修復完餐廳後，接著就是搭建宿舍。只要一下雨，營內廣場便會變得一片泥濘，連行走都很困難。

第六分所的所長是個腿腳不方便的小個子少尉，據說是MVD的菁英，曾誇口表示「苛待日本人是天經地義的事」。如果沒有達到當日的勞動基本定額，便會理所當然地強迫收容者工作到晚上十點左右，做些搬運補土或是漆牆等夜間工作。

所裡每日的糧食配給量也很不足，有人甚至將配給的襯衫和衛生褲拿給蘇聯人以換取黑麵包充飢。工作結束後直到天黑前，眾人會四處尋找、採摘野草煮來吃。當野草的葉子和莖部都吃完後，便以草根為食糧，不時有人因此食物中毒。

沒多久，山本也因食物中毒出現下痢和嘔吐的症狀，高燒不止，被抬進了休息室。

入夜後，新森前去探望，山本一臉難為情地喃喃低語：

「真是，沒辦法啊。遺憾的是，武士沒飯吃照樣無可奈何[11]。太丟人了。」

山本的話裡帶著幽默，令新森稍微放下心。由於若是讓監視兵發現免不了又要挨一頓念，因此新森只是簡單鼓勵山本一句「祝你早日康復」後便離開了休息室。

山本在這間休息室時，鄰床的病友是森田市雄（後姓矢野）。

「原來收容所裡還有這麼輕鬆的地方，是吧？」

森田的主動搭話成為他與山本談話的開端。休息室的飲食是病人餐，分量反而比工作時還多。

終戰時，森田市雄是吉林機動第二聯隊的小隊長，剛好因演習被派到北滿洲迎來了八月九日，遇上蘇聯軍隊。第二聯隊沒有收到長官的終戰命令，

11　日本有句俗語是「武士沒飯吃也要剔牙」，形容武士即使生活窮困、三餐不繼，也要悠然使用牙籤，表現得有如飽餐後的樣子，意指即使窮困也要保持驕傲，不做不義之舉。

持續戰鬥，死傷慘重，直到八月三十日才收到終戰通知。之後，森田成為蘇軍俘虜，被送進莫斯科東南方坦波夫附近的收容所。

那座收容所裡除了日本人，還有德國、義大利、比利時、荷蘭等國的俘虜。聽說，德軍曾經攻到那一帶過。再之後，森田移到了葉拉布加的收容所。

休息室裡，護士只會在上午來巡視一遍便再也不會看到人影，與工作時相比，病患之間可以更自由談話。

某天，森田主動向山本聊到：「我在葉拉布加收容所生平第一次看到極光，就像天空垂下了一片七彩簾幕一樣，美得不像是這世間所有，令人無法轉移目光，甚至遺忘了寒冷。」

「哇，真羨慕你，我沒看過極光……說到葉拉布加，那座城市有座古老的修道院，壁畫很美麗對吧？」

森田曾經短暫收容在那座老修道院裡一陣子，修道院的聖堂在俄羅斯革命後被當成了倉庫，不時有雀鳥穿過。山本竟然連那座修道院都知道，令森田感到不可思議。

「我以前在書上看過有記憶，好像是窩瓦河支流卡馬河的沿岸城市吧……」

散發學者氣息的山本引起了森田的興趣，也讓他產生了親切感。

幾天後，森田和山本一起轉出了休息室。

兩人立刻被趕去參加學校的建築工程。新森也隸屬同一個作業班，午休時三人便聚在一塊聊天。

工事空地上，大波斯菊隨風搖曳。由於天氣晴朗，遠遠還能望見滿洲的山嶺。

三人的談話突然出現空檔，新森似乎聽見山本在咕噥些什麼於是問道：

「山本，你剛剛說什麼……」

「啊，忍不住就……」

山本拾起掉落腳邊的木棍，在地上寫下幾個字：

陽光穿過大波斯菊，遠山

「遠山啊，令人想起了在滿洲的時光呢。」

森田盯著那行字，臉上浮現微笑。

山本拿起一截木棍，繼續在地面塗寫。森田念了出來：「秋櫻幻化為雲……影子深邃……啊啊，秋櫻是指大波斯菊對吧？用秋櫻比大波斯菊好多了呢。」

「森田，你是不是有寫俳句的經驗？」山本扶了扶鬆脫的眼鏡臂，興奮地問。

「是自己亂寫的啦。去年七月從葉拉布加坐貨車到哈巴羅夫斯克的時候，聯隊裡有個俳句高手，我就跟對方學了些皮毛。葉拉布加有一千人搭上дамой（歸國）列車，唯獨我和其他兩百人被塞進另一輛後面的貨車裡，真是慘不忍睹。當時，我請對方教我俳句，在推敲字句的過程裡心情似乎也漸漸平靜了下來。只是，我寫的那些稱不上是俳句啦……」森田頻頻害羞道。

從葉拉布加抵達哈巴羅夫斯克後，森田被送到第十四分所，那裡的民主運動風起雲湧，每天都有批鬥大會。不只休息和用餐時間，就連睡覺時積極分子也輪班緊跟著森田他們不放。森田想起從葉拉布加時期便一直跟自己在一塊的須藤大佐，當時因嚴苛的勞役與積極分子的批鬥最終虛弱至死的往事。

「聽說中國有句成語叫『煮豆燃豆萁』。在身為俘虜這樣的困境中，流著相同血液的日本人卻自相殘殺……實在太丟人了。」

山本聽了森田的話後加重語氣道：「森田，我們遭遇了許許多多的事卻還沒成為白樺肥。所以，不可以放棄希望，我們一定要一起活著回日本……」

自那天起，山本他們只要湊到一塊就會一起創作俳句。三人經常在工地的休息時間或是收容所的晚餐後聚在一起。

只有普通小學學歷的新森在此之前對俳句毫無興趣，當然也沒有寫俳句的經驗，卻在不知不覺間聽山本講解俳句聽得入迷。

西伯利亞幾乎沒有春天和秋天，夏天過後一下子就跳到了冬天，而當漫長的酷寒結束時便已入夏。但山本常說，只要仔細觀察空氣、草木和風，還是會發現西伯利亞的春天和秋天。

「阿新，俳句裡頭的『季語』啊，你只要想成是中心點就好，一定會加進去的東西。雖然特別叫做『季語』，但不用想得太難。」

山本開始親切地以「阿新」來稱呼新森。

「冬天，會有 мороз（寒流）來襲，即使穿著 фуфайка（防寒棉外套）也覺得冷，連聲音都會結凍。不管是敲石頭還是打木頭，耳邊都只會縈繞『鏗鏗鏗』的金屬聲，令人毛骨悚然，爐火也燒不起來。阿新，這些全都可以當作季語喔。」

山本將「寒流」、「фуфайка（防寒棉外套）」、「結凍」、「爐火」、「寒冷」一一寫在地上，告訴新森那些都是冬天的季語。

新森沒有讀過《歲時記》之類的書籍，但神奇的是，聽到平常不以為意的那些所見所聞一一都能變成季節語彙後，頓時覺得這些詞彙親切起來。冬天，俄文 мороз（寒流）來襲時，光是呼吸就像是在胸口插進一把冰刃一樣。一想到那個 мороз（寒流）也能當成季語後，不只是風景，就連天候和氣溫在新森眼中都有了嶄新的風貌。

三人會假裝閒聊，背著監視兵用舊釘子或小木棍在地上寫俳句。地面是白紙也是黑板，木棍和釘子就是他們的筆。

起初，新森連掰著手指數數，將想表達的事物濃縮成十七個字[12]都很困難，也常寫出沒有季語的句子。此時，山本一定會一邊稱讚「真不錯」一邊為新森的句子加入季語。每當新森學到「原來這也是季語啊」時，內心都會興起一股發現新事物的喜悅。山本會幫地上的句子畫兩個圈圈或一個圈圈表示佳句，也起到鼓勵的作用。

那些寫在地上的字，以防萬一，三人一定會抹去。

因為，不只蘇聯的監視兵和監工需要防備，連收容所裡的日本人也不能

12 日本俳句的形式是依「五、七、五」的順序，共十七個音節組成。

大意。沒人能保證不會有人向蘇聯檢舉他們。

一九五〇（昭和二十五）年四月的某天，收容所公布了一份二十幾人的歸國者名單，名單上的人都配給了一套新衣。

歸國者名單中也有遭判刑二十五年重度勞動的戰犯。所裡立刻因這則傳言沸沸揚揚，眾人懷抱著一絲希望，猜測蘇聯或許改變了處理戰犯的方針。

收容所對歸國者名單上的人執行嚴格的私人物品檢查，沒收任何寫有文字的紙張，於廣場上集中燒毀。有的人偷偷藏著舊日本軍的軍隊手帳[13]，有的人則是將已故同袍的姓名寫在紙片上，內容形形色色，哪怕是一張紙片，都是過去避開重重檢查才能隱藏至今。也因此，他們盯著熊熊火焰的臉龐更是充滿不甘。

穿上新衣，宛如換了一個人似的回國者們列隊離開營區大門。

一段時間後，從回國名單落選的山本與新森、森田一起從第六分所被移

13 舊日本軍人人皆持有的手帳，記載了姓名、出生年月日、籍貫、地址、隸屬單位與經歷等內容，是軍人的身分證與履歷表。

送到了哈巴羅夫斯克的蘇聯矯正勞動收容所第二十一分所。

再不久，四月二十二日的《真理報》上刊登了蘇聯政府歸還日本軍事俘虜的官方聲明。

聲明寫到「第二次世界大戰的日本俘虜已歸還完畢，其餘皆為戰犯或有戰犯嫌疑者」，表示歸還日本俘虜的行動已結束。報導稱「除了一九四五年從戰爭地區解放的七萬零八百一十人外，蘇聯共歸還五十一萬四百零九名日本戰俘」。

此外，關於未歸還者的描述是「戰俘中因戰犯行為獲刑及正在審理中者共有一千四百八十七人；病後休養中者九人；因對中國人民犯有重大罪行引渡至中華人民共和國者九百七十一名」。

儘管蘇聯公布因「戰犯」或戰犯「嫌疑者」身分留下的人共兩千四百六十七名，但實際上光是樺太島，就有約三千名民間人士被視為經濟犯遭到拘留。

《真理報》上公布的剩餘拘留者數字實在過於稀少，甚至無法確認「兩千四百六十七」是否為正確調查後的數字。報導中不曾提及於西伯利亞死亡及失蹤的俘虜名單，不只沒有公布剩餘拘留者的姓名，關於他們的收容地點、刑罰內容以及生活情況更是隻字未提。

對於那些被迫將丈夫、兒子、父親留在西伯利亞的日本家庭而言，一切都被封閉在鐵幕之後，連家人是生是死都無從確認。

第三章　阿穆爾俳句會

1

一九五〇（昭和二十五）年四月，山本幡男一行人穿過第二十一分所的營區大門後，最初映入眼簾的，便是牆上大量的公告以及四散在廣場上的標語牌殘骸。

標語牌上草草寫著「徹底粉碎移動途中的反動分子！」、「天皇島敵前登陸！」、「美國企圖把日本變成殖民地！」等標語，道出此處民主運動的激烈。收容所似乎才剛送走返回日本的歸國者，伙房裡杳無人跡，爐灶裡燒剩的木柴還冒著煙。

哈巴羅夫斯克市南郊往符拉迪沃斯托克方向有條俗稱史達林路的道路，第二十一分所便位於那條路的不遠處。

收容所占地廣大，四周布滿有刺鐵絲網，最外側再圍上三公尺高的木柵欄，四隅安置高聳的監視塔坐鎮，不分晝夜都有荷槍實彈的監視兵嚴密監控。木柵欄和有刺鐵絲網之間是沙地，時常除草鋪整，好讓逃犯的足跡一目了然。

營內設有四棟營房，兩棟是兩層樓的磚造建築，兩棟是簡陋的木造平房。此外，並配有伙房、餐廳、浴場、洗衣場、兩層樓高的木造醫院、收容所辦公室等設施，中間建有縫紉兼麻袋工廠。

山本一行人進駐後，蘇聯各地的收容所也陸續將被視為戰犯的日本人移送過來。

有些人來自烏茲別克共和國的沙漠城市塔什干，還有人從堪察加半島附近的馬加丹由飛機押送過來。其中，包含了關東軍第三方面軍司令官後宮淳大將與其餘二十多名軍官。此外，除了九百多名日本人，還有一百多名朝鮮、中國、蒙古戰犯。這些人之中，也有許多人在戰時從事特務機關的工作，協助日軍。

當來自各地的收容者入營安排告一段落後，蘇聯便示意第二十一分所建立團本部，挑選前關東軍參謀瀨島龍三中佐為團長，菊地信一擔任副團長。此外，還有柴原（現姓石川）一夫、玉木一郎、菊池廣、坂本省吾、石井德雄五名部員執行團本部的營運實務，分別負責工資、服裝、糧食、勞動基本定額計算（作業量記錄）等工作。除了團本部員外，其餘千名收容者分成五個作業中隊，每天早上八點開始勞動。

勞動大致分為營內與營外作業兩種。營內作業以炊事、洗衣、收容所內的工廠工作為主，以老人和身體虛弱者為中心編成營內作業班。山本即屬於營內作業班，在工廠裡修補麻袋。

營外作業以土木建築工事為主，所有營外作業班的人每天早上都要列隊出營，作業地點散布各地，從哈巴羅夫斯克市內的磚造六層樓共產黨學校、造船廠、石油工廠，到一般住宅、飯店等建築工地。據說，戰後哈巴羅夫斯克市內的主要建築幾乎都是靠日本人的強制勞動所建成。森田市雄和新森貞便是編入營外作業班。

聚集在第二十一分所的日本人全都是被判矯正勞動二十年、二十五年的戰犯，大家透過各式各樣的管道得知了《真理報》上「日本戰俘已歸還完畢」

的蘇聯官方聲明。有人精通俄文，在收容所醫院裡聽到廣播，也有人是從蘇聯軍官口中聽聞消息。

「歸還日本俘虜的行動似乎已經中止」的消息立刻傳了開來，殘忍地打碎了眾人「或許還有可能」的希望。

接著，六月二十五日爆發的朝鮮戰爭又更加深了人們的絕望。由於美蘇間的冷戰發展為熱戰，蘇聯監工和政治部軍官都帶著露骨的敵意對他們說：「因為朝鮮戰爭，你們日本人離回國更遠了。我會讓你們做到死！」

所裡有些人變得自暴自棄，不禁脫口而出：「這裡是地獄一丁目。不是二丁目，是一丁目！」

五年的拘留生活令所有人身心俱疲。直到前一陣子都還沒結束的民主運動及其引發的同胞檢舉、近乎拷問，糾纏不休的過往經歷調查、批鬥大會、持續不斷的嚴苛監獄生活與審判，令眾人忘記笑容，漸漸失去了表情。

虛無的氣氛控制了營房，彼此間的試探與猜忌，令不少人即使隸屬同一作業班，除非必要也絕不和同伴說話。

曾在關東軍參謀部第二課的野本貞夫也是其中一人。

野本生於大正五（一九一六）年，原為陸軍獸醫大尉，敗戰之際以第一特別警備司令部要員的身分被派往奉天。戰爭結束被帶到蘇聯後，因昔日長官向蘇聯舉發野本曾經待過負責蘇聯情報任務的二課，依間諜罪獲判二十五年的矯正勞動。從此以後，野本將「只有自己能保護自己」這句話銘記在心，下定決心再也不相信什麼同胞愛、同袍愛、鄰居愛，時時提醒自己盡量少與他人接觸。

那大概是來到第二十一分所一個多月後的事吧。某天晚餐後，野本躺在自己營房的「蠶架」上望著天花板發呆，突然有人拍了拍他的肩膀。

野本轉身，只見一個陌生的光頭男子站在他眼前。男子遞給野本一本薄薄的小冊子，低聲道：「你有興趣看看嗎？」

野本拿過冊子。小冊子由水泥袋裁剪下來的褐色紙張裝訂而成，封面以鉛筆寫著「文學」兩字。光頭男子補充了一句：「請小心，不要讓其他人發現。」看來，小冊子似乎不是在所有人之間傳閱的樣子。

野本想都沒想過竟然有人會在收容所這種地方製作小冊子，而且還拿來傳閱，為對方的膽識感到驚訝。

野本打開小冊子末頁，編輯發行人寫著「山本北溟子」。

「那是山本幡男先生的筆名，他說可以相信你，讓我把小冊子傳給你……」男子再次低聲說完後便快步離開。

野本環顧四周，寬敞有餘的木屋裡容納人數約兩百人，一排排的蠶架上下鋪各睡四人。確認附近無人後，野本翻開書頁，躍入眼簾的，即是〈西伯利亞的藍天〉這篇隨筆與作者名「北溟子」。儘管對隨筆沒有多大興趣，野本卻很懷念許久不曾接觸的日文。

野本讀著讀著，覺得粗糙的心靈彷彿獲得了洗滌。其中最吸引他的，是作者讚美西伯利亞藍天的柔軟感性。

日本戰敗後的這五年，野本輾轉流落不同的收容所，備受民主運動折磨，也曾因肋膜炎在鬼門關前走了一回。一路上，野本看過無數生死，連對「死亡」的痛苦都變得遲鈍，更遑論去思考西伯利亞的天空美不美這種事了。

重點是，他根本沒有閒情逸致仔細眺望天空。野本對他們之中有如此神奇的人感到吃驚，同時想到「原來如此，原來西伯利亞也有藍天啊。」像是發現到意想不到的事物般，一種微微的苦澀在心中氾濫開來。在嚴峻的收容所生活中，隨筆的作者展現出心靈的餘裕，對藍天寄託充滿詩意的幻想。野本在看完小冊子後立即對山本北溟子這號人物產生了興趣。

當晚，野本久違地想起了五年前的八月十五日。那日，奉天的天空也碧藍如洗。或許因為自己是帶著必死的決心仰望天空，所以才覺得特別美麗吧。

傍晚後，兵器部發給他們三枚自決用手榴彈，告訴他們「會再發布特別命令告知使用時機」。野本向內地的雙親，與留在新京官舍的十九歲妻子寫下遺書，當時那股揪心的感覺再度甦醒過來。

幾天後，野本第一次和山本說話。野本從營外作業歸來時，山本主動向他開口。

山本身材瘦弱又駝著背，蓄著一臉大鬍子，與野本讀〈西伯利亞的藍天〉時想像的纖細文學男形象大相逕庭，令他十分意外。此外，兩人雖是初次見面，山本卻用一種彷彿與老友重逢的親暱與他交談。

「野本，你要不要一起寫俳句呢？其實，我跟之前同一個收容所的人私底下偷偷在辦俳句會。」

「俳句會嗎……我對俳句不太……」

野本的父親與兄長都是陸軍官校出身，在軍人家庭長大的他帶著些反抗的心情，從舊制第二高等學校畢業後進入了東京帝國大學農學部，但唸書時也對文學心懷憧憬。山本的邀約雖然令人心動，但自己盡可能不和他人交流的心意並沒有改變，因此婉拒了山本。

然而，山本似乎並不介意野本的拒絕，開始習慣在晚餐後信步走到野本的營房與他暢談。

山本有時會聊俳句會的事，有時上一秒還在談論日本古典文學、康德與黑格爾，下一秒又突然講到落語，似乎一點也沒有自己身陷囹圄的感覺。山本的博學多聞與樂觀開朗令野本目瞪口呆，同時也產生一股不可思議的平靜。

山本談話時只要興致一來，便會不停拍對方的背。自從發現山本這個習慣後，每當山本聊得忘我時，野本便會稍微錯開身體。察覺到野本的動作後，山本表示：「唉呀，我不會再打你了，不會了啦。」兩人哈哈大笑。

那年入夏時，山本一臉雀躍地來找野本。

「我們的俳句會取了個名字，叫阿穆爾俳句會。怎麼樣，很不錯吧？」

說這話時，山本也拍著野本的背。對於俳句會日漸茁壯一事，山本毫不掩飾自己的喜悅。

哈巴羅夫斯克是流經蘇滿國境的阿穆爾河與烏蘇里江的匯流處，天氣好時從工地的鷹架眺望，便能看見阿穆爾河對岸遠處的滿洲撫遠山。阿穆爾河，中國名為黑龍江，俳句會的這個名字大概也蘊含了山本對滿洲時代的懷念吧。

2

山本的阿穆爾俳句會成員，一開始只有第六分所時期便在的森田與新森。三人一如往常，避開收容所方的耳目，於隔天不用工作的星期六夜晚一起圍坐在山本睡的蠶架上，又或是星期日午後聚在營房後方或洗衣場旁的空地，假裝閒聊。

俳句會成員漸漸增加後，山本開始調整句會形式，打造更正式的感覺。營外作業的人會裁剪水泥袋做成詩籤，將馬尾或解開的馬尼拉麻繩製成毛筆，以燒剩的煤炭浸泡在水中代替墨汁。

山本將水泥袋製成的細長詩籤發給大家，請成員寫上自己的俳句，再將集中起來的句子匿名謄寫在大張的水泥紙上。接著讓成員依序傳閱謄好的內容，一個人選出五到十句心目中的佳句。

山本解釋，這種俳句會的形式叫做「互選」。

山本唸出各人選中的句子後，該句的作者再自報姓名。當句子的作者出乎眾人意料，全場驚呼或是鼓掌時也是一種樂趣。最後，評選人山本會公布自己的「選句」，評論、賞析作品，取前三優秀者頒發天、地、人三獎。

有時，一些句子即便在眾人的選句中獲得最高分山本也沒選，有時則是無人挑選的句子卻會被山本納入天、地、人佳句。這種時候，作者會格外高興。成員們個個笑容滿面，滿心歡喜。相較於收容所裡人人自危的氣氛，俳句會簡直像是另一個世界。

眾人唯有在參加俳句會時能夠忘記平日勞役的艱辛。只要在工作時思索下次俳句會要投稿的句子，就連單調難熬的勞動感覺也都不一樣了。俳句會的成員漸漸沉浸在俳句會的樂趣之中。

眾人開始取俳號，以俳號而非姓名互相稱呼也是山本的提議。

森田因為出生於丹波栗遠近馳名的丹波篠山，便叫「栗仙」。

新森取的俳號則是「古峯」。

建築工地，燕子振翅飛來　　栗仙

山本選出森田的這首俳句時讚道：「栗仙君這句子真好。從『燕子振翅』可以感受到作者那種『即使人在工地，夏天也還是來臨了』的心情。」

在西伯利亞，夏天是燕子帶來的。漫長的嚴冬過後，一口氣來臨的夏天處處生機盎然，燕子就像帶來「生命」的使者。俄羅斯人便是以Ласточка（燕子）稱呼活力充沛、天真爛漫的女孩。

俳句會結束後，森田他們便將寫有俳句的水泥袋紙埋進土裡，或是撕碎丟進那個只是在洞口鋪著木板，眾人稱之為口琴廁所的糞坑。

昔為關東軍報導部長的長谷川宇一大佐也加入了「阿穆爾俳句會」。長谷川決定用「芋逸」這個與本名「宇一」相近的詞做為俳號，這是他在колхоз（集體農場）挖洋芋時想到的。

當初，蘇軍將長谷川比做德國的宣傳部長戈培爾，偵訊過程嚴苛又糾纏不休，因第五十八條「資本主義幫助罪」獲判二十五年刑期。

某次，在俳句會結束的閒聊中長谷川提到：「蘇聯好像是覺得關東軍明明準備與他們開戰，我的報導卻替關東軍掩飾相當於叛國罪。我不是蘇聯人，卻適用蘇聯的刑法還真是符合這個國家的作風呢。因為我實在太火大，便對他們說：『若是如此，那杜魯門總統也觸犯了第五十八條喔。』結果他們苦笑著回答說沒錯。」

這番話逗得眾人哈哈大笑。明治三十一（一八九八）年生的長谷川人品高潔，總是帶著一臉溫和的笑容，加上擁有多年俳句資歷，就連山本也自嘆弗如。

「長谷川兄的俳句遠勝於我啊。」

聽到山本這麼一說，長谷川立刻推崇小自己整整十歲的山本道：「沒有的事，北溟子是我們的老師呀。」

自從長谷川進來後，昔日的高階將領也一個接一個加入了俳句會。

其中，有長谷川在關東軍同甘共苦的夥伴——關東軍參謀（作戰主任）草地貞吾大佐，以及長谷川陸軍官校第三十一期的同袍坂間訓一少將。

在「反動」鬥爭裡，草地被視為關東軍參謀中最大的敵人，即使遭蘇聯嚴刑拷打也堅貞不屈，是名鐵錚錚的軍人，所裡的日本人也對他敬畏有加。由於草地家鄉在大分縣宇佐，俳號便取為「宇山」。

坂間在日本戰敗那天，從長野縣松本機場搭乘特別飛機前往滿洲，才剛就任第一方面軍參謀副長便不幸遭到蘇聯拘留。由於出身神奈川縣，便從湘南發想，取俳號「湘江」。

「寫寫俳句就不會變俘虜笨蛋了，你要不要也試試？」在湘江如此邀請下加入阿穆爾俳句會的，是曾為牡丹江憲兵隊曹長的日下齡夫，俳號「梅城」

則是由湘江所取。

單人囚室得秋意，吾友蒼蠅　宇山
午後——撫遠山低，蜻蜓飛　芋逸
肌膚皸裂，驀然回首已是亡母年歲　湘江
夏雲如峰，仰望天空掙扎的蟲子　梅城

與日下梅城同屬牡丹江憲兵隊的竹田（現姓林）軍四郎也加入了俳句會。來到第二十一分所後才初次接觸到俳句的竹田，透過山本的啟蒙實作，學到了俳句是世界上最短的詩、之所以會有季語則是因為日本擁有豐富的四季景色等知識。就連俳號，也是山本為他而取。

「竹田性格樸實，個性認真又頗負內涵。芭蕉有一句『秋日黃昏，此路踽踽獨行』，你的俳號就從這裡取如何？」

語畢，山本在水泥袋紙條上寫下大大的「秋徑」二字。

竹田覺得自己彷彿變成了另一個人。

竹田勞役的地點位於史達林路旁的第四建築工地，他喜歡在蓋磚房時遠眺阿穆爾河。只要爬上工地四棟樓的屋頂，便能見到阿穆爾河對岸的滿洲地平線。他調整視角，讓所有建築的橫梁筆直對齊地平線，輕輕唸著自己的俳號——「秋徑」。

過去，竹田的生活與俳句一點也沾不上邊，山本說的話卻總是能滲入他的心底。對因戰時牡丹江憲兵身分而被視為戰犯的竹田而言，阿穆爾俳句會就像是「哈巴羅夫斯克大學」。

山本曾在水泥袋紙上寫下一篇關於俳句要點的文章供俳句會成員傳閱。竹田偷偷將那篇文章謄寫到水泥袋一角，摺得細細的，放進褲子接縫中，隨身攜帶。當他出現疑問或是寫句子遇到瓶頸時，便會偷偷拿出來閱讀。

那篇文章名為〈論俳句〉。

「高山樗牛曾言『文如其人』，我想學樗牛說『俳句如其人』，想磨練俳句得先磨練自己。每當看到自己拙劣的句子時，我都會感到一股難以言喻的空虛。有的人用五顏六色的顏料東塗西抹也畫不出美麗的作品，也有人以一枝鉛筆便勾勒出唯妙唯肖、意趣橫生的畫作。

「創作俳句亦然。我們必須擺脫為華麗辭藻傷神、徒然鑽研詞句的愚行，學習將文字運用自如。有些精采的俳句不也是由平凡無奇的文字組成嗎？工具固然要緊，但技巧更為重要。

「何謂好俳句？好的俳句在於格調優雅、和諧有趣、饒富魅力。俳句之趣包含了一、內容有深度，二、畫面鮮明，三、聯想豐富，四、餘韻無窮，五、思想超然等等。是在視覺與聽覺上迷人的句子，是印象鮮明、栩栩如生的句子，說得抽象一點，是蘊含真實與美的句子。當然，這不僅限於俳句。

「我們繼續說，何謂好俳句？是令人想再三吟詠的句子，是看了難以忘懷的句子，是無論何時想起都能享受的句子，也是耐人尋味的句子。哪怕千句中只有一句也好，我也想寫出這樣的句子。

「許多初學者以表面的方式解讀『寫生』之意，以為看到什麼全都照實搬進句子裡便沒事了。俳句必須前往的方向是超越事實的真實，是現象之後的本質。更正確來說，應該是透過事實描述真實，透過現象呈現本質吧。」

儘管山本說的「透過事實描述真實，透過現象呈現本質」很難理解，但那句「想磨練俳句得先磨練自己」卻深深觸動竹田。

尤其是俳句會時，山本經常熱情地說：「我們要一起回國。在那天來臨前，希望大家不要忘記美麗的日語。」

竹田覺得，山本最想表達的，其實就是這件事吧。

春寒——紙片依草，嗚嗚嗚嗚　　秋徑
草木萌芽，向天地訴說，活著即喜悅　　虻郎

虻郎是前滿洲國政府外交部次長下村信禎。一九三九（昭和十四）年諾門罕事件[14]爆發後，下村即以滿洲國代表的身分四處奔走，處理與蘇聯之間的外交問題，也曾出現在當時的新聞影片裡。不僅如此，下村還前往德義，與墨索里尼和希特勒會面。

審訊時，蘇聯偵訊官逼問下村：「你和德國、義大利簽訂的祕密協定內容是什麼？」

蘇聯情報網的縝密令下村震懾不已。

昔為外交官的下村身材高眺、長相端正，既是個蘇聯通，也是熱愛俄國文學的文學青年，就連俳號虻郎都是取自他熱愛的岡察洛夫小說《奧勃洛莫夫》[15]。

14　一九三九年五月，日本和蘇聯於滿洲國與蒙古共和國邊界爆發衝突，以失敗告終。蘇聯稱「哈勒欣河戰役」。

15　「奧勃洛莫夫」日文發音為「oburoumofu」，虻郎的發音則為「aburou」。

山本很喜歡也相當敬重下村，不單是因為下村比自己年長，更或許是因為他知道下村就讀東京帝國大學時是「新人會」的成員，曾滿腔熱血為社會改革的理想奮鬥的緣故吧。

順帶一提，舊滿洲國外交部以下村為首，全員皆遭到蘇聯拘留，四百二十九名員工中確定死亡者九十五人，兩百二十八人下落不明。

銀河迢迢，今年也只有，昔日回憶　　銀江
遙遠舊日時光裡見到的，小陽春　　木良
大寒，一年已盡，光陰不可逆　　栗仙

銀江佐藤德三郎出身銀座的和菓子店，以俳號銀江緬懷銀座。佐藤應召退伍後，昭和十八（一九四三）年二度受到徵召，當時才剛新婚。因隸屬哈爾濱情報部通信班符合「間諜罪」，被判處二十年勞役。

木良瀨崎清曾任滿洲國國務院興安總省參事官。瀨崎自九州帝大工學部畢業後將夢想押在打造「王道樂土」上，於滿洲國建國同時成為官吏。瀨崎是福岡人，生於明治三十九（一九〇六）年，長山本兩歲，曾於滿洲大同學院擔任教員，討厭軍人這點也與山本相似，兩人因此莫名志趣相投。

栗仙森田市雄從第六分所時期就一直和山本待在一塊，也因此最受山本信賴，擔任阿穆爾俳句會的總務，經常照顧山本。

阿穆爾俳句會以山本為中心，從少將到小兵甚至是民間人士，聚集了形形色色的人。若從舊軍隊的組織來看，評選人山本只不過是個一等兵，但在俳句會裡，眾人是以俳號而非階級或姓名稱呼彼此。軍中的階級或是在俳句會談資論輩是山本最厭惡的事。

不僅俳句會的成員，與山本親近的人也都很了解山本對軍人的厭惡，但他多次和野本貞夫提到：「若軍人都像芋逸君、宇山君、湘江君那樣的話，日本這個國家或許也會稍微有所不同吧。」

野本雖然沒有參加俳句會，但透過山本也知道成員間的俳號，甚至記住了他們創作的句子。

3

隨著團本部組織日益完善，收容所長米洛瓦諾夫上尉開始多次要求團長瀨島龍三成立文化部。據所長的說法，文化部的主要工作是製作日文壁報新聞。俘虜收容所時期，蘇方也曾讓各收容所成立文化部做為控制俘虜的手段，現在，他們要第二十一分所也如法炮製。

瀨島和團本部的部員都曾因《日本新聞》有過痛苦的回憶，因此相當苦惱要選誰擔任文化部長。

壁報新聞是以蘇聯政府機關報《消息報》和蘇聯共產黨機關報《真理報》等報紙為資料來源撰寫報導，因此人選的第一要件是精通俄語。此外，壁報新聞是蘇聯官方唯一認可能夠使用日文的傳播媒體，就團本部的立場而言，希望能挑選出一位胸中自有丘壑，不會逢迎收容所方的人。

瀨島立即探詢了幾個人，卻遲遲找不到心目中合適的人選。因此，他找了最了解蘇聯的滿鐵調查部第三調查室主查（室長）——佐藤健雄商量。

佐藤一聽完瀨島的煩惱立刻回答：「符合這些條件的人非山本幡男莫屬。」並向瀨島推薦山本。

佐藤是山本在滿鐵調查部時的上司。一九三九（昭和十四）年調查部改組為大調查部時，以調查和研究蘇聯情報為主的北方調查室也跟著擴編與強化，改名「第三調查室」。新興的第三調查室主查便是佐藤健雄。

佐藤旗下編有法制、外交、內政、交通、工業、資料等十個班，山本擔任的是工業班班長。當時，佐藤就已很欣賞這位能幹的部下。

由於第三調查室的工作內容就是蘇聯情報，隨著日本戰敗，佐藤大部分的部下都遭到蘇聯拘留，視為戰犯。眾人的拘留地點分散各地，佐藤移入第二十一分所與山本重逢時，距離上次見面其實已經相隔五年半，兩人皆被蘇聯判處二十五年的勞役。

佐藤對山本進入滿鐵時的事有著深刻的印象。還記得，當年入社考試的考官島田三郎興奮地對他說：「佐藤，這次來了個很厲害的人喔，叫山本幡男。」

調查部的考試有兩關，第二關是以俄文寫申論，當時的題目是「論個人於歷史中的角色」。山本不僅提及俄羅斯第一位馬克思主義理論家普列漢諾夫，甚至還引用多部當時尚未出版日文譯本的著作，寫出一篇創新獨到的論述。

「而且啊，他的俄文不只文章寫得好，連口說也無可挑剔，讓俄國考官驚嘆連連。」

極少稱讚他人的島田難得表現出激賞的樣子。

佐藤向瀨島推薦山本時，想起了久遠的回憶。

在瀨島指示下，坂本省吾立刻前往山本的營房，委託他擔任文化部長。坂本是團本部中負責工資計算的部員，與山本同為島根縣人。

坂本一說出希望山本擔任文化部長的來意，山本的臉色便瞬間沉了下來。

「我已經決定不再做那種事了。」

有那麼一瞬間，坂本懷疑自己聽錯了。成為文化部長便能免除苛刻的勞役，是人人都想做的職務，坂本一直以為山本也會欣然接受。

「山本，你的身體絕對稱不上健朗，若被派去營外作業在零下三十度的地方重度勞動，一下子就會倒的。」

然而，山本仍堅決不接。詢問理由後，他才悶悶不樂回答：「我跟收容所那邊的蘇聯人一句話都不想說。」

在雙方各執己見，僵持不下一陣子後，坂本保證：「好，這件事我們會處理，你絕對不用跟他們接觸。」這才好不容易讓山本接下文化部長。

佐藤聽完來龍去脈後，一想到山本在滿鐵調查部時，原是人人皆知的親俄派便更覺心痛。兩人開心重逢那時也一樣，山本雖然絕口不提俘虜生活的艱辛，佐藤卻隱隱約約窺見了這五年半來，山本的心被傷得有多深。

山本接下文化部長一職後，立刻傾盡全力投入壁報新聞的製作。

雖然名為文化部，但部員只有部長山本一人，以團本部外另一棟木造營房的閱覽室充當辦公室。辦公室裡紙張、鋼筆、畫筆、顏料等道具一應俱全，甚至還有溶於水後可以寫出紫色墨跡的粉末墨水。

壁報新聞的大小約九十公分見方，山本在辦公室裡迅速掃過蘇聯各大報後，便直接以鋼筆和畫筆在透著墨藍色的新聞紙上寫下報導。

山本寫起文章運筆如飛，製作壁報新聞的速度經常讓跑去辦公室偷窺的坂本看得出神。不僅如此，山本還總是一副樂在其中的樣子。

山本製作的一九五二（昭和二十七）年十一月號壁報新聞被保留了下來。頭版大標以綠色顏料寫著斗大的幾個字：美國總統大選。

「本次美國總統選舉，艾森豪將軍獲得近五十五％的選票。」

報導中記載了民主、共和兩黨的當選議員席次。這篇報導資料來源為「塔斯社」，只聚焦於數字和具體事實，不只沒有摻雜「塔斯」對選舉結果的評論，也看不到山本自己的評論。與民主運動全盛時期高喊「粉碎反蘇、反共謠言」、通篇鼓吹民主運動宣傳報導的《日本新聞》相比，可以明白山本目標打造截然不同新聞風格的用心。

此外，該期壁報新聞中也可以看到第七屆聯合國大會、北大西洋公約組織內部對立、美國軍機空襲平壤等報導，另也提及前年七月開始的朝鮮戰爭休戰會議中的休戰談判，看得出山本刻意讓報導聚焦國際情勢的企圖。只因為山本深知，日本人最大的願望——дамой（歸國）始終與國際情勢有著微妙的關聯。山本從一開始拒絕文化部長的邀約到最後接受，有很大的一部分原因也是他想透過蘇聯報紙了解國際情勢吧。

壁報新聞也有提及日本的報導，描述了第七屆聯合國大會的樣貌。

「關於美國、加拿大、祕魯、威尼斯呼籲應將日本納為『國際民用航空組織』一員的決議案，大會多數國家投下同意票。蘇聯、白俄羅斯、波蘭、烏克蘭、捷克斯洛伐克以及菲律賓代表團則對本決議案選擇棄權。」

這篇總結的報導是「紐約十一月六日發的塔斯電報」。

山本工作時，收容所的文化部軍官瓦奇羅夫時常會來觀看。可說是文化部督察的瓦奇羅夫，是少數民族布里亞特蒙古人，一頭黑髮，長相酷似日本人，在蘇聯軍官中屬親日派。

每次瓦奇羅夫試圖跟山本搭話，山本一定會轉移視線或是離開辦公室。那強硬的態度甚至令瓦奇羅夫忍不住向坂本詢問：「山本是不是討厭我？」

除了製作壁報新聞，山本的才能也充分發揮在電影欣賞會上。

每月在餐廳一至兩次的電影欣賞會是收容所賦予收容者的娛樂之一，山本也會為電影同步翻譯。

電影欣賞會播放的作品大多是歌頌俄羅斯革命，或是刻劃德蘇戰爭中大顯身手的蘇聯英雄。

俘虜收容所時期也會舉辦這樣的電影欣賞會。

野本貞夫和德國俘虜一起關在烏茲別克共和國的安格連收容所時看了好幾部電影，其中一部描寫德軍殘忍攻擊蘇聯農村的電影播放時，令野本留下了深刻的印象。

電影中，機翼上畫著納粹鉤十字符號的德軍戰鬥機，以機關槍掃射一名來不及逃走的三歲女孩，當震耳欲聾的槍聲遠去，田園小徑上女孩小小的屍體成為最後一幕時，一起觀看的德國俘虜全體離席退場。

「不管怎樣，我們都沒做過那麼過分的事。」一名德國人離場時低喃道。收容所的電影會場上只剩下日本人。野本想起當時的情景，和山本說起這件往事。

「德國人離場時全都放輕腳步安靜離開，以免造成我們的困擾，以行動展現了自己民族的意見呢。」

山本聽完喃喃道：「……日本人也一定有屬於我們貫徹自我的方法。」

野本之前待的安格連收容所中，通譯只會事先告訴大家蘇聯給的電影故事內容，山本卻是同步口譯，穿插東北腔、關西腔，將死板的宣傳口號翻譯成風趣的臺詞，把電影變成娛樂片。

遇到那種「蘇聯萬歲」式的電影，他也會說：「唉呀，我腦袋壞了，講那些複雜的東西我統統都聽不懂。」便會引起觀眾沸騰。

電影欣賞會也曾播過美國片《人猿泰山》和德國片《女傭安娜》，是德蘇戰爭後蘇軍從德軍那裡帶回來的戰利品。

《女傭安娜》講述的是一個富裕青年與貧窮女傭之間的純愛故事。蘇方將最後一幕兩人接吻，有情人終成眷屬的畫面剪掉，劇情在前面安娜放棄與青年的感情，搭上列車返回鄉村的地方便突兀地中斷，接著出現俄文字幕：「資本主義社會裡，資本家每天都像這樣不事生產，玩弄女人。一般勞工的待遇則如牛馬一般，受盡資本家的壓榨。」

山本照實翻譯後又加了一句：「以上，大人物是這樣說的。」一臉無辜裝傻的表情要多好笑有多好笑。

《人猿泰山》則是在哈巴羅夫斯克市內的電影院也有上映，蔚為風潮。或許是這樣的緣故，在來回工地的路上，經常可以看到小孩子玩泰山遊戲的身影。

收容所給的電影膠捲底片總是破舊不堪，常有修剪，電影三不五時就會因電壓不足或是放映機故障中斷。每當這種時候，山本便會不負眾望大展身手。他就像個默片解說員[16]，一個人不停說著「啊，真抱歉！」、「咦，是這樣啊？」等等滑稽的對話，在畫面或聲音回來之前填補空白。

平常已經忘記笑容的觀眾看到使出渾身解數裝模作樣的山本，全都爆笑出聲，鼓掌喝采。

山本似乎也很高興見到眾人開心的模樣，常會摘下招牌圓眼鏡和大家笑成一團。

某天電影欣賞會後，山本向野本道：「我理想中的境界啊，就是退隱居住在長屋後的老賢者。」

16 原文為「活動寫真辯士」。日文對電影的舊稱為活動寫真。默片時代，當觀眾面對無聲的畫面與不熟悉的內容時，在一旁負責解說劇情、幫助觀眾理解的解說員即稱為「辯士」或「活動辯士」。

4

十月來到尾聲後，冬日的氣息變得更加濃厚，早晚寒氣愈發逼人，零下十幾度的日子也所在多有。就連原本可見的幾根枯草，也都像是被吸入地底似地消失無蹤，地面覆上一層白雪。

對第二十一分所的日本人而言，眾人即將面臨第六年的西伯利亞嚴冬。在零下三、四十度的寒氣裡，自己是否能熬過繁重苛刻的勞役直到最後呢？人人的心底都積著焦慮與不安。

也有許多人在絕望中自暴自棄，「白樺派」這個詞在收容所裡散播開來。

在收容所裡，人死後，連身上破破爛爛的衣服也會被扒得一乾二淨，送去解剖後才下葬。據說是為了預防有人詐死脫逃。而正如蘇方不斷威脅「不會讓你們活著回去，要把你們都拿來當白樺樹的肥料」那樣，死者的屍體會被埋在白樺樹下。

由於九月下旬土壤便會結凍，因此就連掩埋屍體的洞穴都是收容所先預測入秋後的死亡人數後，要戰犯們在七、八月的短暫夏天裡先挖好。人們將冬天死去的人丟進事先準備的洞穴，覆上凍土，待春天再重新埋葬。

所謂的「白樺派」便是覺得自己無法回國，總有一天會埋在那些洞裡，吐露這種自暴自棄心情的話語。

「我快變成白樺派了。」

「反正都會變成白樺派。」

這些自嘲的話語充斥在日本人之間。

每當山本聽到有人講「白樺派」時，一定會對野本說：「野本，我們若是變成白樺派就一切都完了。我們還年輕，人生還很長，一定會有回去的那一天。」

聽到比自己年長八歲的四十二歲男子說「我們還年輕，人生還很長」令野本啞口無語。然而，野本卻也覺得，山本或許是這座收容所裡心靈最年輕、最有活力的人。

起初，野本曾經懷疑山本是個譁眾取寵、喜愛賣弄才學的人，對山本常常掛在嘴上的「дамой（歸國）情報」敬而遠之。收容所裡人人都想回日本，野本自己也翹首以盼дамой（歸國）的那一天，想得心都痛了。然而，現實卻一天天往相反的方向前進。只是聽到「дамой（歸國）」，那份空虛便會苦澀地反彈回來，野本甚至很抗拒山本的行為，認為講「歸國」只是讓大家徒生期待罷了。

然而，山本既非刻意特立獨行以博取關注，也絲毫沒有讓眾人懷抱不上不下期待的念頭，他是打從心底深信不疑，一定會有дамой（歸國）的一天。明白這件事後，野本開始相信山本的дамой（歸國）情報，反而從他身上獲得了鼓勵。

一次，野本和山本談到了自殺的話題。

「我啊，從來沒想過自殺這種事。這世界如此有趣，為什麼非得自己尋死不可呢？只要活著，一定就會遇見許多開心的事。」

語畢，山本低頭咧嘴一笑。

山本身處收容所卻能說出「這世界如此有趣」。

野本發現，不能以常人的標準來衡量山本，唯有以不同的標準看待才能理解這個男人。在與山本聊了幾個月後，野本了解到，山本本人就像那篇〈西伯利亞的藍天〉一樣，無論現實多麼不可理喻也不會絕望。山本擁有堅韌強大的內心，讓他能在當下的處境中發現喜悅與樂趣，進而影響身邊的人。

在團本部裡，團長瀨島龍三從朝鮮戰爭引發的美蘇對立判斷，眾人必須做好長期拘留在蘇聯的覺悟，為此，他們必須改善收容所的生活，找出盡可能獲取工資的方法。瀨島於是讓負責勞動基本定額的玉本與管理табель（作業量紀錄）的菊池和坂本等人研究勞動定額。

幾位團本部員和各作業班班長商量，想方設法蒐集收容所方的勞動定額表內容，加以檢討。以挖土為例，雖然勞動基本定額有根據土質與挖掘深度分成幾級，但就算排除土質蘊含水分或摻雜石塊的情況，勞動定額表的等級分類還是與實際作業經驗有明顯的落差。團本部向收容所說明狀況，要求改變勞動基本定額。

儘管如此，蘇聯監工卻很少接受日本人的要求。因此，日本人有時也會請出入工地的蘇聯司機幫忙買伏特加，稍微賄賂囉嗦的監工。

收容所營運採獨立計算制，以收容者的勞動收入維持該收容所的全體生活。

收容所因應哈巴羅夫斯克市內各企業團體的要求，把日本拘留者當作勞力送進去。企業則是仔細計算日本人的勞動定額達成率，每月統一向收容所支付酬勞。收容所再以企業團體給予的金錢負擔收容者的生活費、蘇聯員工的薪資、收容所的設備維持費等一切支出。

由於蘇聯員工的薪資也受日本人的工作成果左右，因此他們會毫無節制地奴役日本人。眾人私底下都小聲議論：「收容所靠仲介囚犯勞力做生意。」

蘇聯監工中也有人可憐兮兮地告訴他們：「你們很認真工作，我也想在對應工作細則的勞動定額表上簽名，但如果被операт（國家安全部外派軍官）發現的話，我也會吃上二十五年的牢飯。我自己身邊也都是告密者啊。」

企業團體根據拘留者的工作量支付報酬後，收容所會先扣除蘇聯員工的薪資與日本人一個月的生活費，若有餘額便會納入國庫。

日本人的生活費一個月是四百五十六盧布，細項如下：伙食費兩百六十盧布、服裝費五十盧布、寢具和其他器具的使用維修費二十盧布、文化費十盧布、搬運費（糧食等）十六盧布、入浴費二十五盧布、廁所清潔費十五盧布、稅金三十盧布、人事費十五盧布、照明瓦斯費十五盧布。

蘇聯的食品等物品定價在政策上比一般國家便宜。黑麵包、卡莎粥、湯品及少許砂糖這些拘留者粗糙的食物要花費兩百六十盧布，代表中間被榨取了相當高的金額。此外，總生活費四百五十六盧布換算成一九五〇（昭和二十五）年當時的日圓約為三萬五千圓，戰犯們可謂繳納了一大筆費用。不僅如此，即使達到基本定額以上的作業量，一個月規定最多只會加到一百五十盧布。當時，第二十一分所裡一千多名收容者中，幾乎沒有人能拿到這一百五十盧布。

團本部員費心爭取的，便是改善勞動定額表，盡可能提高日本人的收入。部員們的努力，終於在一九五一年後看到了一點成果。

那一年進入尾聲，眾人迎來了在第二十一分所的第一個新年。

雖說是新年，身為囚徒也不能特別做什麼。儘管如此，各作業中隊仍是展開討論，希望至少能熱熱鬧鬧地迎接元旦。除夕那天，眾人在雪中砍下杉樹立在營房前代替門松。

此外，大家還以工地偷來的石膏做出巨大的鏡餅供奉在餐廳門口，按照習俗垂掛御幣。

鏡餅上的龍蝦與交讓木葉是繪畫同好會成員以顏料畫在厚紙板上剪下的作品，厚紙是要貼在屋頂下的建材，全都是從工地拿來。餐廳門口熱鬧不已，人們絡繹不絕前來參觀宛如真品的年節擺設。

元旦早晨一到六點，收容所便響起鐵鎚敲打鐵軌的起床鐘聲。外頭仍是一片漆黑，眾人卻都在鐘聲敲響前起床，歡欣雀躍地互道恭喜，期望今年是可以慶賀дамой（歸國）的一年。

雖說是新年，卻也沒有配給新衣，倒是在年底最後一個沐浴日時，人人都收到了剛洗好的襯衣與衛生褲。那是洗衣班長谷川宇一等人的心意。平常連臉都不洗的懶惰鬼在這一天也都漱洗完畢聚集到餐廳裡。儘管不是星期日，收容所還是讓他們在元旦這一天停工，眾人因而能享有心情上的餘裕。

從食物窗口領取到的餐盤裡，排列著伙房班大顯身手準備的年菜。除了一如既往的黑麵包，還有頭尾完整的鮭魚，甚至連雜煮年糕湯、金團、魚板都一應俱全。為了這一天，伙房班大約從十一月底開始便一點一滴累積年菜的食材。雜煮的年糕混了小米，金團和魚板則分別是大豆和馬鈴薯蒸熟後揉製而成。

由於收容所視儲存糧食為企圖逃亡的行為因而嚴加禁止，伙房班的辛勞絕非一般。

所有人齊聚一堂後，再次互道恭喜。餐廳的角落裡，由日本人組成的臨時樂隊以手工樂器開始演奏新年歌謠〈一年之初〉。

或許是想起了日本的妻兒，有些人跟著旋律唱著〈一年之初〉時，眼眶泛起了薄薄的淚光。

元旦午後，阿穆爾俳句會在餐廳舉行了春酒大會。

樂聲，第一抹笑化做淚水　湘江
元日天空元日風，來自南方　栗仙
元旦早晨，再次拿起針線縫補衣襟　銀江
巍巍高牆待黎明，新年初開工　萌村
舞獅樂手也忍不住，笑了　北溟子

山本的俳句是舞獅隊踏著韻律的吆喝聲來到餐廳時的即興之作。舞獅隊以藍色顏料在白色床單上繪製唐草花紋做成獅身，兩名舞者動作協調，呼吸一致。然而，由於本該是帥氣的股引工作褲和白足袋草鞋變成了衛生褲和катанки（防寒靴），實在太具收容所的風格，眾人不由得哈哈大笑。俳句吟詠的，便是舞獅樂手也連帶爆笑出聲的場面。

新年第一場俳句會的天獎，山本頒給了坂間湘江，那也是獲得最多成員票數的句子。看著這首俳句，眾人腦海裡響起了樂團在餐廳裡演奏的〈一年之初〉。

俳句會結束一走出餐廳，迎頭便是凜冽的寒冷。山本的鬍鬚頓時因呼出的氣息凍成了一片白。

新森向山本提道：「山本，好歹在天冷時把鬍子剃掉吧？」

山本回答：「唔嗯，因為我什麼都被奪走了，所以才想著至少得留個鬍子。」

回到營房後，蠶架四處傳出了洗麻將的聲響，熱鬧非凡。

麻將是收容所裡最早開始的遊戲，大家用白樺樹做了好幾副牌，每張牌都精巧地刻著萬字、筒子等細緻的紋樣。另外，圍棋和將棋在收容者間也很盛行，大夥拿工地水泥揉圓做圍棋，以白樺樹打造將棋。

眾人圍坐在各張床鋪上聊起故鄉過年的情景。

「俺老家是吃圓年糕！」「我們那裡是做方的！」大夥兒興高采烈，你一言我一語地談論故鄉，一一公開各自的雜煮湯做法以及會放哪些材料。每個人都不厭其煩地說著同樣的事，興致盎然地聽著同樣的話。

就在這時，有人說道：「什麼料理都好，真想大吃特吃一頓白米飯啊。」

瞬間，所有人都安靜下來。

晝短夜長的冬日到了下午三點便已臨近黃昏，天色漸暗。晚餐吃完一如既往的黑麵包加湯後，眾人各自回到營房，鑽進蠶架裡。

日本作業班長快速向眾人傳達了從二號起收容所交代的工作計畫。班長離開後，那日從一大早便開始的健談彷彿一場夢，所有人都呆呆望著天花板和蠶架的節孔，不發一語。

一九五一（昭和二十六）年的新年就在這短暫的一月一日中結束了。

5

如同西伯利亞大門的哈巴羅夫斯克位於北緯四十九度，由於鄰近海邊，在西伯利亞算是相對溫暖的地區。儘管如此，一、二月的氣溫還是會低於零下三十度。積雪雖不多，卻也冷峭逼人。

山本還是老樣子，不時來野本的營房分享俳句和散文。找到願意閱讀這些作品的人似乎令山本幹勁十足。

山本分享的眾多句作中，最吸引野本的，是吟詠孩子的俳句。

小小的，簷冰柱，思及吾兒

「野本，我有四個孩子，奉召入伍時最小的女兒才一歲呢。」

山本難得感傷，讓野本看了自己寫在新聞紙上的俳句。西伯利亞連冰柱都跟日本不一樣，尖銳巨大，宛如一把把利刃。山本大概是在那些冰柱中發現了小巧的冰柱，一一為它們取上家鄉孩子的姓名，聲聲呼喚吧。

野本讀這首俳句時想起了自己在新京的孩子。那是七個月就早產出生的男孩，才剛吸入這世界的空氣便夭折了，十八歲的妻子康子一整晚不斷哭泣。隔天早晨，野本將妻子留在醫院，前往新京郊外的火葬場送孩子離開。七個月大孩子的骨頭就像魚骨般脆弱，手掌輕輕一晃便崩塌四散。野本將孩子的骨灰放入小小的骨灰罈，設立牌位，法名明照水子。

那個骨灰罈與牌位現在怎麼樣了呢？妻子康子是否平安抵達日本了呢？野本無從得知。

野本也開始和同伴一起製作起簡單的個人誌，名為《創作》。原本決定盡可能不和他人接觸的野本會開始創作個人誌，也是山本帶來的影響。

「野本，你的個人誌終於開始了呢！」

《創作》創刊後最高興也最鼓勵野本的人便是山本。山本從文化部辦公室偷渡出珍貴的短鉛筆和紙張交給野本。此外，他也為《創作》繪製封面或內文插圖，並投稿極短篇小說、散文和詩作。

山本的投稿作品中，有部叫《下富坂町區》的小說。小說主角名為濱中龍磨，自隱岐搬到松江，又從松江前往東京唸書，下宿[17]在東京本鄉的巷弄「下富坂」一帶。故事一直寫到濱中受社會主義運動吸引，因三一五事件全國共產黨相關人士全部遭到舉發大學退學為止。這是一部成長小說，也是刻劃山本自己過去的自傳小說。

山本也投過一篇名為〈熔岩〉的散文，內容描述山本大學退學沒多久後父親病故，必須照顧母親與四個妹妹的他，便在九州戶畑叔父經營的煤炭店幫忙的事。雖是散文，卻也可以看作是《下富坂町區》的續集。

野本主導的《創作》和山本的《文藝》在幾人之間傳閱後，都會趁還沒被個人物品檢查搜出來前處理掉。

除了野本，山本也經常和其他人說起〈熔岩〉裡自己在戶畑時的故事。只要山本來找野本，幾名固定班底便會不約而同聚在一起，大家圍坐在昏暗的蠶架下鋪，期待山本說故事。曾與山本一起待過哈爾濱特務機關文書諜報班的黑田定弘也是其中一人。

17　一種長期租賃模式，租金包含房費與餐費，需與他人共用衛浴。

「我在戶畑叔父店裡時做的是會計工作。別看我這樣，我對算數可是很有自信呢。等回日本後，我打算靠撥算盤吃飯。」

「北溟子，撥算盤嗎……」聽到山本一臉認真那麼說後，黑田忍俊不住道。

「沒錯。青麥君，別以為我不是這塊料喔。」山本回答。

知道山本平日生活有多麼笨手笨腳的眾人全都捧腹大笑。

青麥是黑田的俳號，黑田也是阿穆爾句會的成員。

除了黑田，昔為哈爾濱特務機關軍官的山岸研、一起在文諜班工作過的後藤孝敏、小高正直等人，也都成為常跟著山本一起出現的班底。

戰敗時軍階為大尉的山岸研，是山本在東京外國語學校俄羅斯語科的學弟。東京帝大經濟學部畢業的黑田是以召集兵身分入伍，軍階為曹長，曾待過哈爾濱俄語教育隊。同為召集兵的後藤孝敏則是京都帝大經濟學部畢業的上等兵。也是上等兵的小高正直則屬眾人中的異類，小高原先被外務省派至埃及開羅大學留學，期間因太平洋戰爭爆發於開羅遭英軍俘虜，八個月後透過日英戰俘交換回國，沒多久就便收到了入伍召集令。

戰爭結束時，哈爾濱特務機關文諜班將近九十人，其中白俄羅斯人就有五十幾名。許多白俄羅斯人原是帝俄時期的軍官或知識分子，其中也摻雜了蘇聯的雙面間諜。

黑田和小高因在哈爾濱俄語教育隊表現優異因而被編入文諜班。蘇聯領事館就蓋在俄語教育隊一條馬路外的地方，連教育隊使用的教科書都打探得一清二楚。據說，一九三九（昭和十四）年諾門罕事件日軍會大敗，也是因為蘇聯間諜在日軍丟掉的垃圾中偷走了記載作戰命令的複寫紙，事先偵察到日軍作戰計畫的緣故。

除了山岸，其他三人都跟山本一樣曾隸屬文諜班，卻只有後藤跟山本待在同一間辦公室。不過，後藤對當時山本的印象並不深刻。由於山本是滿鐵調查部刊物的固定作者，名聲響亮，黑田和小高因而對山本的名字也有印象。

當後藤在第二十一分所與五年不見的山本重逢時，很訝異山本那比哈爾濱時期還活潑的樣子。昔日的山本戴著黑框眼鏡，總是一臉不高興地對著桌子工作，上司丸山直光通譯官主任甚至低聲抱怨過：「那傢伙老是擺著一副苦瓜臉，到底是有哪裡不滿？」

後藤看著山本成為文化部長後的壁報新聞，真心感嘆其與《日本新聞》之間的差異。這是因為後藤從一九四七（昭和二十二）年新年開始，有一年多的時間都待在哈巴羅夫斯克的日本新聞社。

後藤當時的工作是翻譯《史達林傳》刊登在《日本新聞》上。某天，主筆高維蘭高中校傳他過去，因譯文中出現已經遭史達林肅清的人物姓名而斥責了他一番。由於原文並沒有刪除那個名字，後藤當時也就如實翻譯。沒多久後，蘇聯徹查出後藤是曾經待過特務機關的「前職者」，根據蘇聯國內刑法第五十八條判處他二十年的刑責。

正因為曾鉅細靡遺看到了《日本新聞》的製作過程，後藤才比任何人都清楚山本那以國際情勢為主、客觀打造壁報新聞的苦心。

有次，山本提起自己第一年當兵時在虎林的事。

當時，山本部隊裡的初年兵幾乎都是在民間擔任部長或課長等級的中年人，其中也有快步入老年的公司老闆。

雖然老兵會抱著「如果到了外頭我們就得被你們奴役，要趁現在好好操你們！」的心態欺負初年兵，但山本的情況沒有太嚴重。若有人偷襪子，班長和老兵都會補給他，反而變成有兩雙新襪了。由於部隊裡沒有戰爭末期重要的步槍也就沒有訓練，初年兵便被派去挖戰壕，但山本因為不中用被轉到了伙房班，結果在那裡也派不上用場，最後負責挑扁擔送便當。

一九四五（昭和二十）年一月，部隊長室傳喚山本過去。

「山本二等兵，即刻起派至哈爾濱特務機關。明天早上出發！」部隊長頒布命令後，知道山本曾經待過滿鐵調查部的他還鼓勵山本：「恭喜，你這下如魚得水了呢。」

山本離開翌日，虎林部隊移往南方戰線。移動途中，船隻在海上遭敵機炸彈擊沉，五百名將士陣亡。

山本說著這些話時，眼鏡下的雙眼泛著淚光。

「結果，只有我一個人……活下來。」

一九五一（昭和二十六）年後，由於收容所漸漸大幅放寬對戰犯的監視，山本進入第二十一分所後不久，悄悄運作的《文藝》個人誌開始在所內五個中隊間傳閱，內頁也不再是水泥袋紙而是文化部用的蘇聯製新聞紙，以鉛筆或鋼筆書寫。封面有時是山本繪製的風景畫，有時是佐藤健雄等繪畫同好會成員的水彩。

西伯利亞的拘留生活邁入第六年，眾人對日文讀物的渴望變得更加迫切。《文藝》在各中隊營房傳閱後回到文化部山本的手上時，總是已被大家的手垢摸得髒兮兮，連封面也變得破破爛爛。

文化部的書架上雖然也提供《聯共（布）黨史簡明教程》、《論列寧主義的幾個問題》、戈爾巴托夫的《不屈的人們》、岡田嘉子譯本的《南風》等書籍，但或許是會想起民主運動時的回憶，很少人取閱。然而，眾人心裡開始萌生閱讀小說的欲望，一些更有人情味的小說。

因此，山本重新將拜倫的《唐璜》製作成一本配有插圖的書籍。由山本負責插畫，小高正直擔綱內文，是文課班的聯名之作。

小高覺得，山本跟收容所裡的任何一個人相比都明顯不同。

當一大群人待在營內廣場時，山本經常恍惚地望著天空，直到身邊的人呼喚才會回神。在小高眼裡，山本就像在天空中找到了無數窗口，與對方一一通訊的樣子。

山本在《文藝》裡寫的一首詩〈手指〉，很令小高感動。

我的手指
瘦骨嶙峋，布滿皺紋，
似垂垂老矣。

年少時，
我的手指宛如削蔥根，
慈母也驚嘆
吾兒玉手多肖我
疼惜憐愛。
執筆工作的手指，
長出筆繭；
滲入尼古丁的手指，
染上黃漬，
無法熨平皺紋。
但這雙手支撐著
母親、孩子、妹妹十人的生活，
刻下的皺紋是
此世的風霜。
縱然不願，
也時時愛撫凝望。

這首詩深受收容所裡許多人喜愛。大家一邊吟詠〈手指〉一邊懷念故鄉的父母和兄弟姊妹。

一週當中，隔天不用工作的星期六晚上是眾人最放鬆的時刻。漸漸的，每到週六夜晚，到處都會出現一個月舉辦一、兩次的同鄉會。年輕人中也開始有人工作量超越基本定額而獲得工資，這些人會在賣店裡買些糖果代替聚會茶點，招待年紀大的同鄉。

一九五一（昭和二十六）年後，收容所在餐廳一隅設立了賣店，由女店員站檯販售。店裡陳列了黑麵包、奶油、人造奶油、香腸、砂糖、糖果等點心，甚至還有香菸。

這是收容所為了提升作業效率所想出來的方法，費心設置賣店以刺激收容者的工作欲望。由於只要有錢便能購買那些商品，賣店真的展現了卓越的成效。在清一色都是男人的無趣收容所中，即便是吝於展現笑容的女店員也成了眾人心靈的綠洲。賣店前總是大排長龍。

宮城縣出身的長谷川宇一，與第六分所時期偷了自己衣服和鞋子的男人因同鄉會湊到了一塊。

「那傢伙啊，把我的衣服和鞋子賤賣給蘇聯人換黑麵包，結果我們在同鄉會撞個正著，看他那副垂頭喪氣的模樣，連我都覺得可憐了。」

阿穆爾俳句會時長谷川和大家說起這件事，將過去的不愉快一笑置之。

山本則是加入島根縣同鄉會。同鄉會中，還有曾經在滿洲勃利擔任憲兵的新見此助。

島根縣同鄉會也集合了鳥取縣人。會裡有中佐階級的前軍官，也有大學畢業的知識分子，好不熱鬧。山本是同鄉會的中心成員，新見總是坐得遠遠的默默聽他說話。新見只是一般小學畢業，除了個性有點怕生外，聊天時跟不上大家的話題也令他產生自卑感，始終無法融入同鄉會。

某個星期六的聚會上，山本主動向新見搭話。

「新見，你有小孩嗎？」

「我有兩個丫頭。不知道她們從滿洲引揚的時候怎麼樣了。」

「這樣啊。我有四個孩子，最小的是女兒，我離開時還是個小嬰兒呢。」

收容所內大名鼎鼎的文化部長山本主動和自己說話令新見相當開心。從那之後，每次同鄉會新見都會去坐在山本身邊。山本對所有人都一視同仁，周圍總是充滿歡笑。新見光是聽著大家的笑聲就很愉快。

一段時間後——

「山本先生，這是我做的，您要不要穿穿看呢？」

新見拿著自己做的足袋問山本。

收容所裡的人一到冬天，就會自己動手做足袋以替代襪子。足袋的做法很簡單，只要縫一個筒形再拿繩子綁起來就好。然而，山本卻總是一臉若無其事地赤腳踩在鞋子裡行走。新見總覺得山本那樣子看起來實在很冷。

「唉呀呀，真是感激不盡。因為我是個懶惰鬼就沒縫足袋了，我現在立刻穿上。」

看見山本歡天喜地為赤裸的雙腳套上足袋後，新見也很高興。自從來到西伯利亞後，這是新見第一次有想為他人做什麼的衝動。

6

第二十一收容所裡的人最期待的娛樂是戲劇和草野球[18]。

集合了戲劇同好成立的「櫻樂劇團」，全盛時期會在每週六晚上於餐廳舉

18　不屬於任何職業、公司、學校球隊的一般人，單純因興趣聚在一起進行的非正規棒球賽。

行公演。一九五二（昭和二十七）年，劇團人數高達七十人，除了劇本、表演、舞臺設計、服裝、大道具、小道具組外，甚至還有音樂組和舞蹈組員，組織相當成熟完善。

被推選為劇本組長的長谷川宇一也負責導演。劇本組裡也有山本的蹤影，他為果戈理的《檢察官》編寫劇本時採用了江戶腔，風格獨具，演出後全場叫好。

劇團上演的劇本有時是團員編寫，有時則是向所內公開募集，再由劇本組修改成盡量不會刺激蘇方的內容。山本才思敏捷，運筆如神，只要三十分鐘便能完成一部可以搬上臺的劇本。

公演前，劇本必須先提交給蘇聯的政治部軍官檢閱，談判交涉則由懂俄文的山本和長谷川負責。山本接下文化部長一職時曾堅持不願和蘇聯人說話，唯有在這個時候另當別論。為了取得蘇方的同意，他發揮口若懸河、辯才無礙的俄語本領，每每令和他一起交涉的長谷川佩服不已。

臺詞中有讚美資本主義、批判共產主義的劇本，或是《忠臣藏》這類以武士道和復仇為主題的作品無法通過檢閱。

櫻樂劇團第一次公演上演了《基督教的女兒》、《丸山老師》、《霙》三齣劇碼。有三齣劇碼代表必須分開練習，餐廳、服裝縫補場甚至是浴場都會迅速切換成大家的練習場地。由於演員得在工作結束後才能到齊，練習時間都在晚上七點過後，即使如此，眾人依然專注投入排演，樂此不疲。

劇團成員伊勢田富二當時最頭痛的，便是尋找扮演女角的演員。畢竟，大部分團員都已年過三十，從少女到小孩，都只能讓粗手粗腳、渾身髒兮兮的大男人來扮演。

伊勢田向劇本組的人求助：「你們寫一些不太用年輕女性出場的劇本啦。」「那要寫男人養老院的故事嗎？這樣就不需要女角了吧？」劇本組的人調侃道。

劇團的戲劇是希望盡量讓觀眾忘卻平日的苦役，當然不可能演全是男人的養老院故事。由於觀眾希望至少能在舞臺上懷念祖國的母親或妻女的身影，因此都很喜歡有女角登場的劇碼。

製作服裝、假髮、舞臺設計等大小道具的幕後人員也很辛苦。演出的和服是將舊床單染色後製成，染料則是私底下拜託工地的蘇聯卡車司機從哈巴羅夫斯克市場上購買的。

有時，拿標示黃色的染料染洋裝會變成大紅色，這時再加入消毒用的漂白粉，便會染出恰到好處的粉紅色。至於正式場合穿的和服下襬圖紋，則是請擅長畫圖的人以顏料繪製。

假髮的部分，是偷偷在工地剪下馬兒的馬尾毛帶回來，縫在黑布上打造而成。如果有機會拿到馬尼拉麻繩，道具組便會解開繩子染色以代替馬毛。

終於來到公演的日子，鋪著木地板的寬敞餐廳坐了滿滿的人。當身穿和服的女角與腰際打著兵兒帶的小孩角色一站上舞臺，即便是一句臺詞或一個小動作，都會令全場近千名觀眾或勾起嘴角，或噫聲嘆息，獻上熱烈的掌聲。

有些年長的收容者或許是想起了家鄉的孩子，會從座位上探出身軀對每一句臺詞頻頻點頭，或是顫抖著肩膀，以髒兮兮的毛巾擦拭眼角，格外醒目。

演出中最受歡迎的小道具是日式溫酒壺，德利。道具組的人以小瓶子為底，抹上石膏塑成酒壺的形狀後再上色。當演員在舞臺上演出手拿德利斟酒，舉杯飲下的場景時，全場都充滿了觀眾下意識咂舌或嚥下口水的咕嚕聲。

櫻樂劇團上演的劇碼有五十齣。山本編寫的劇目有改編自俄國文學家契訶夫的《熊》、《凡尼亞舅舅》和果戈理的《檢察官》。日本故事則有《恩仇之外》、《少爺》、《人情深川節》、《鳥邊山心中》、《關之彌太》、《婦系圖》、《金色夜叉》等，上演時博得了滿堂喝采。描寫日本懷舊人情味的劇目之所以受到歡迎，是因為觀眾從舞臺上的故國景物中見到了剎那的幻影。

大將後宮淳曾在《鳥邊山心中》練習時，投入地指導改不了一口東北腔的男人如何編排女角舞蹈。大將個子嬌小，蓄著一臉白鬚，舉止從容沉穩，深獲眾人信賴。

由於大將從不擺架子，因此也有過去在軍隊服役的劇團成員表示：「我作夢都沒想過自己竟然能和大將說話。」

阿穆爾俳句會的作品中也經常出現戲劇的身影。

畫眉抬首春燈下　　芋逸

春雪紛紛，躡足探臺後，羞矣　　秋徑

這是長谷川芋逸和竹田秋徑描寫劇團女角的俳句。

這些阿穆爾俳句會的句作也會貼在餐廳，供眾人欣賞。山本為各首俳句添加的短評風趣幽默，連過去不曾接觸俳句的人也讚譽有加。山本的短評與其說是評論句子，更像是對作者的人物速寫。

一九五一年春天起，收容所的人也開始在廣場打起草野球。大家根據出身縣市、作業班或年齡組成隊伍，入秋前每週日都會舉辦比賽。

棒球是以老舊的 фуфайка（防寒棉外套）棉絮揉成團後反覆纏繞絲線加固而成，手套也是用破布縫製，唯有球棒是拿工地木材加工的真球棒。選手年齡從二十歲橫跨至六十歲，其中也有曾活躍於滿鐵棒球社的選手。

松江中學時代在棒球社負責記分的山本自告奮勇擔任球賽播報員。說是播報員，其實也只是在場外拿著圖畫紙做的大聲公講解賽況罷了。在東西縣市對抗賽開場介紹裁判時，山本這麼介紹一位名叫「南」的裁判：「裁判要嚴守中立原則，我們有請不是東邊也不是西邊的南裁判……」令觀眾席哄堂大笑。山本妙語如珠的播報大受歡迎，是炒熱比賽氣氛的一大功臣。

然而，球賽中最活躍的明星卻是隻名喚「小黑」的小狗。

小黑是隻誤闖收容所的黑色幼犬，起初，是洗衣班的人瞧牠可愛便養著牠，一天天下來後，小黑便成為全收容所的寵物了。所裡的人不惜輪流從些微的配給中分出食物給小黑，小黑也因此和日本人特別親密。

小黑在草野球中擔任的角色是撿球員。只要擊出的棒球飛到鐵絲網與木柵欄間的 запретная зона（管制區域）沙地，小黑便會立刻飛奔而出，咬著球回來。監視兵也不會射擊「脫逃犬」，只是露出苦笑睜一隻眼閉一隻眼。

甚至還有人像是發現新大陸似地說：「原來如此。所謂進入запретная зона（管制區域）者一律射擊，只限人類啊。」

總而言之，棒球是很珍貴的物品。在意外發現小黑有這樣的特技前，眾人是在廣場後方架起木板代替防護網，費盡心思避免棒球飛到鐵絲網外，後來只要喊一聲：「小黑，去撿球！」小黑便會立刻鑽出鐵絲網替大家把球帶回來，再也不用擔心。

然而，這麼做也有傷腦筋的地方。大概是對棒球產生了興趣吧，只要打者站上打擊區，小黑便會立刻在一旁擺出起跑姿勢嚴陣以待。當打者用力擊出後，小黑就會朝棒球飛行的方向猛衝。不僅如此，小黑還會模仿跑者衝向本壘的模樣，只要選手一掉球，便會叼著球迅速衝回本壘。此時，兩隊的選手和觀眾會把打者和分數丟在一旁，大聲為小黑鼓掌叫好，場上溢滿歡笑。

平日大家出營工作時，洗衣班的人會將小黑拴在洗衣場。對小黑而言，能夠自由奔跑的週日棒球是牠最大的樂趣。眾人也一樣，能夠在打棒球時逃離身為高牆內囚徒的沉重壓力。無論人類還是小狗，都透過棒球充分享受短暫的自由。

漸漸的，小黑只要一看到卡車司機、收容所工作人員等蘇聯人就會大聲咆哮。隨著小黑長大，這種情形變得愈發嚴重，最後，收容所長終於下令將小黑趕出收容所。不過，大家決定暫時將小黑養在工地，之後又幸運遇到收容所幹部員工不在的日子，趁機把小黑裝在卡車上帶回收容所，私底下繼續偷偷飼養。

7

一九五二（昭和二十七）年，勞動節過後的五月十二日，第二十一分所發生了一起不尋常的事。

這一天是星期日，本不需要工作，但收容所方卻要求除了部分營內工作者和病人外，全員都要前往工地。雖然也有人抗議「至少星期天讓我們休息吧」，監視兵還是將大家趕了出去。收容所裡蘇聯人之間的氣氛與往常不同，顯得戰戰兢兢。這一天，作業班長向大家轉達的收容所長命令也很不合理。

「雖然今天是星期日，但由於各地的工程都必須趕工，大家都出去工作！日後再行補休。」

被趕去營外工作的野本，無論如何也想不出有什麼緊急工程需要逼大家連星期天都要作業。

抵達工地後，奇怪的是，蘇方將現場防止他們逃走的木柵又加了一層，變成兩倍高。此外，蘇聯監工還嚴加吩咐：「今天不准做二樓以上的工作，違規的人就丟懲戒室！」

一切都顯得很不尋常。

由於無法爬到二樓以上的地方，作業進行得有些遲緩。但監工今天也不再囉哩囉嗦，挑三揀四。

傍晚回到收容所後，野本立刻前往山本的營房。文化部長山本容易取得情報，或許知道詳情。

山本一看到野本便一副迫不及待的樣子歡聲道：「是дамой（歸國）！終於等到這一天了。」

據山本說，營外作業班一離開收容所，所方立刻將留在營內的日本人全部集中在離營區大門最遠的磚造營房二樓，警戒的態度前所未有，甚至在門口安插哨兵，拿個桶子到二樓，命他們大小便就在那裡解決。

聚集在營房二樓的人說，從營區大門到醫院的路上鋪了一整片沙子，醫院的窗簾和床單全面更新，甚至擺了花朵裝飾。有人提到，是不是有什麼莫斯科的政府高官要來視察醫院，凝視著營區大門。之後，接近正午時，兩輛轎車從大門筆直開往醫院，約莫一小時後離開營區。

從營房被釋放出來後，山本悄悄前往醫院找負責看護的日本人。一問之下才知道，蘇聯軍官陪同帶來的，是隸屬日本綠風會的參議員高良富。由於所方前幾天已先將重症患者移至中央醫院，所內醫院只看得到輕症病患。

據說，高良富在院裡慰問日本人時，負責介紹的軍官告訴她：「很不巧，今天是星期天，除了病人，其他日本人都到烏蘇里江釣魚玩水去了，可惜沒辦法見到他們。」

高良詢問幾名病患的姓名，問他們有沒有什麼話要帶給家人。

高良回去後，負責管理衛生、綽號是「窗簾阿婆」的女軍官立刻將新窗簾和床單收拾完畢，帶著花和花瓶離開。

「不過，日本和蘇聯沒有邦交，政治家還真敢來呢。」野本不可思議道。

山本回答：「嗯，關於這點雖然有些難解，但無論如何，這是戰後第一次有日本人來訪蘇聯。蘇聯願意接受這件事對我們的 дамой（歸國）而言，絕對不是利空。」

高良富之所以會訪問哈巴羅夫斯克第二十一分所，是在巴黎聯合國教科文組織會議後，出席莫斯科舉辦的國際經濟會議時提出申請，希望能見日本拘留者一面，並獲得蘇方許可的緣故。之後，高良便前往北京。

雖然山本的дамой（歸國）假設再度落空，但戰後日本政治家首次訪問收容所這件事，的確為眾人心裡點燃了一線希望。

大概是高良富的訪問成了一個契機，收容所的日本人收到了一份可謂突破性的好消息。六月後，蘇聯首次同意讓收容者和祖國之間以明信片聯絡。

在此之前，收容所從沒收過來自內地的聯絡，一直以來，拘留者和他們的家人就在不知道彼此生死的情況下過日子。因此，所裡的日本人格外喜悅。

頒布許可的那天，收容所方將眾人集合在餐廳，發給每人一張往返明信片。

明信片正面以紅色印章蓋了「俘虜郵便」四個字。根據說明，日本的回信也只能寫在這張明信片才能送達。收容所長叮囑，明信片內容必須以片假名書寫、不附日期、完全不可提及現在的生活狀況。餐廳備有鋼筆和墨水，要大家當場即刻動筆。

有些人很介意「俘虜郵便」的印章，擔心這種信函若是寄到故鄉，家人或許會不知該如何面對鄰居。此外，所裡至今還有人以偽名生活，這些人便沒有寫信。

眾人進入收容所後第一次寄回祖國的信，被迫在蘇聯政治部軍官和所長面前列隊寫完。人人都覺得，若能回到營房慢慢寫信的話不知該有多好，然而現實卻不允許他們這麼做。

第四章　來自祖國的信

1

〈首先想告訴妳，我過得很好，不用擔心。我唯一放心不下的是在日本的家人、親戚是否平安，尤其在意顯一和其他孩子們的生活情形，以及是否有接受完整的教育。我非常明白母親與妳的辛勞，請懷抱樂觀的希望與信心活下去。代我向大家問好。〉

昭和二十七（一九五二）年十一月底，山本保志美收到了丈夫幡男報平安的明信片。對當時在松江市小學任教的保志美而言，這是時隔七年才又從丈夫手中得到的平安消息。

那是一張往返明信片，上面蓋了符拉迪沃斯托克的郵戳，時間是一九五二年七月二十九日，以紅色印章印著的「俘虜郵便」字樣相當醒目。蘇聯哈巴羅夫斯克市 6125-1。雖然知道這是丈夫現在的住址，保志美卻完全無法想像那是個什麼樣的地方。

雖然明信片全部以片假名書寫很奇怪，卻毫無疑問是丈夫的字跡。保志美一口氣看完內容後，至今一直緊繃的精神彷彿瞬間洩了氣，就那樣緊緊握著明信片跪坐在客廳的榻榻米上。

丈夫幡男收到召集令「赤紙」是昭和十九（一九四四）年七月八日的事。保志美從來沒想過，現年三十六歲，於滿鐵新京調查局第三調查室任職的丈夫會被趕上戰場當初年兵。她手足無措，不知如何是好。

兩天後的早晨，在新京白菊町的滿鐵員工住宅前，山本留下一句：「我要去地獄了。」他便背著奉公袋[19]消失在朝霧中，留下了婆婆靡鄉、小姑多津子、九歲的長男顯一與厚生、誠之、遙香四個孩子。

19 日本徵兵制時期，陸軍士兵入伍時裝帶隨身物品的棉製束口袋。

半年後，一九四五年一月，保志美從丈夫接受初年兵訓練的虎林收到來信，說他已成為一等兵，轉調至哈爾濱。三月時，保志美帶著孩子前往哈爾濱探望丈夫，那是松花江上結冰開始融化的時候。一家人見面的地方不是在兵舍，而是一名白俄羅斯人的家中，據說，對方是丈夫在滿鐵的朋友。

時隔八個月不見的丈夫穿著軍裝，臉和身材都胖了一圈，彷彿變了個人似的。

看著比想像中有精神的丈夫，保志美有些訝異。

幡男害羞地笑著說：「因為在這裡可以完全不用動腦袋。」

幡男只說自己擔任一名年輕少尉的侍從兵，因此保志美並不知道他隸屬特務機關文諜班。保志美不安地心想，丈夫在家裡懶惰得什麼事都丟給自己做，真的有辦法勝任侍從兵的工作嗎？

然而丈夫卻以意外輕鬆的口吻向她解釋：「少尉的個性平易近人，有時候甚至還會跟我說：『山本，喝咖啡！』，請我喝珍貴的咖啡呢。」

保志美最後一次探望丈夫是一九四五年六月，見面的地點不是之前白俄羅斯人的家，而是哈爾濱市內一位日本人的家。幡男身著一般服裝而非軍服。

那次，保志美從丈夫口中聽到意想不到的話——

某天，秋草特務機關長特別傳召山本，開頭便先說：「我今天想聽的不是山本一等兵，而是山本個人毫無保留的意見。」特務機關長接著表情真摯地問：「你對目前的戰局有什麼看法？你認為有什麼適當的處理方式嗎？」

「我認為，戰敗只是時間早晚的問題。不過，還有最後一步路可走，就是透過蘇聯居中協商，與美國談和平協議。不過，這或許也已經太遲了。」

山本豁出一切陳述自己的看法後，特務機關長神情一暗，只回答一句：「嗯，我也這麼想。」之後便陷入沉思。

幡男說完這些話，向保志美壓低聲音道：「戰爭已呈明顯敗象，趁現在還能回去，想辦法帶老媽和孩子回日本！」

幡男一臉認真地吩咐。那是保志美從丈夫口中聽到的最後一句話。

然而，保志美始終籌措不到帶孩子和婆婆回國的費用，光是想到回日本後房子的問題就頭痛，便一直沒有做出決斷。日子一天天過去，小姑多津子談妥了婚事，婚禮訂在八月二十五日。

保志美立刻寫信通知丈夫，結果收到一封簡短的回信：「婚禮提前一個月辦。」

保志美想起之前探望丈夫時說的話，將婚禮提前至八月五日舉行。

然而，十天後，日本便迎來戰敗。

戰敗後的新京一團混亂，蘇聯兵行徑殘暴，慘無人道。

山本在白菊町的滿鐵員工住宅人門釘上了木板，一樓住了從吉林滿鐵機關區前來避難的兩個家庭，保志美一家六口則和新婚的小姑夫妻一起住在二樓。

九月，一群又一群外表詭異的人不斷穿過員工住宅旁的道路。他們身上裹著破布、草席或麻袋，其中也有接近半裸的人。那些全都是從滿洲內陸逃來的開拓團成員。女生皆剃成光頭，在臉上塗抹煤炭以防遭蘇聯士兵侮辱。

戰敗後，開拓團員立刻遭滿人趕出開拓村，持續走了一個月，才終於抵達新京。逃難途中也有人遭到蘇聯士兵或滿人攻擊，全身上下被扒個精光。每當看到那些人的身影，思及自己帶著婆婆和年幼的孩子今後在新京的生活，保志美便擔憂不已。

九月中旬後，保志美意外收到了幡男報平安的信件。

〈我成為蘇軍俘虜，現於牡丹江收容所擔任通譯，別擔心，三個月後

應該就可以從納霍德卡回日本了。你們大概可以從大連回國，不知誰會先到，我們就在日本相見吧。務必珍重，願全家人安康。〉

那封草草寫下的書信，是一名戰敗後立刻遭蘇軍逮捕的勤勞奉仕隊[20]中學生，帶來新京轉交保志美。那名學生表示多虧山本通譯，自己才能從收容所獲得釋放。那封信的字裡行間，絲毫沒有因成為俘虜引以為恥的感覺，樂天個性展露無遺，非常有丈夫的風格。

保志美對幡男當時那封潦草的書信並不擔憂，因為她知道丈夫是親俄派，幡男在大連時代，酒醉回家時經常會改編筱山節的歌謠唱道：

我要去的地方是俄羅斯，現在暫時住大連。
嘿咻嘿咻，落蓋咻。

丈夫邊唱還會邊說：「我如果不是長男的話，就去俄羅斯了……」另外保

20 無償性質的公共勞動服務組織。

志美也覺得，丈夫精通俄語，擔任通譯的待遇應該不差。

那一年，一九四五年，時序漸漸進入深秋。

保志美在興安大路上擺攤將家中值錢的家具、衣服等物品全數賣出。為了賺取生活費，自己製作豆腐放在兩個鐵桶裡，挑著扁擔上市場做生意。十歲的長男與八歲的次男挨家挨戶兜售，看著兩個兒子的小手因寒冷生出凍瘡皸裂，保志美心如刀割。

保志美開始在興安大路上滿人的煎餅店旁擺攤販售紅豆餅，同時兼賣一些公布引揚情報的報紙，一直到翌年七月，日子都在挨餓邊緣徘徊。儘管如此，她和婆婆與孩子們仍是互相激勵，期盼回到日本的那一天。

昭和二十一（一九四六）年九月中後，保志美終於踏上故鄉島根縣隱岐島的土地。

她將婆婆麻煩暫時安置在福岡戶畑當養子的小叔家中，自己與孩子們則一起寄身隱岐島五箇村的娘家。保志美的娘家過去雖為世家，但經歷戰後農地改革後，日子絕對稱不上寬裕。為了避免一直成為娘家的負擔，保志美開始上街賣魚。

「姊，妳沒必要上街賣什麼魚吧……」

雖然弟弟對淪落至沿街賣魚的姊姊感到丟臉，但保志美從滿洲引揚時的辛勞便有所覺悟——在意面子無法存活下去。儘管如此，當保志美前往隱岐島西鄉町採買魚貨時，面對嫁做人婦前的朋友投來憐憫的目光還是很難受。

保志美每天兩點起床，挑燈走四里的山路前往西鄉町採買魚貨。有時，蓊鬱茂盛的杉樹林深處會冒出藍色的火焰，令保志美害怕得全身僵硬，無法動彈。但她告訴自己那不是幽靈，讓自己冷靜。

前往西鄉町的途中有條約一百公尺長的隧道。

一進入隧道，保志美便看到一隻巨大的黑色海怪擋在前頭，大吃一驚。她舉起燈籠凝神細看，才發現那是沿著隧道牆壁升起的水蒸氣，在燈籠光線下形成的陰影。由於一直處於提心吊膽的狀態，保志美通過隧道時總是寒毛直豎。

保志美每日走著這段路，不斷告訴自己，隱岐既沒有強盜小偷，也沒有狐狸精怪。

入冬後，海象惡劣。下雨雪的日子漁獲不佳便無法上街賣魚。這種時候，保志美便會自己釀造濁米酒拿去西鄉町賣。

幾個月後，保志美終於可以離開娘家，展開母子五人的生活。

保志美一家搬遷的地點，是戰前娘家的佃農居住的小屋。只有四坪大的小屋荒廢已久，沒有任何隔間，但在地爐旁鋪上娘家轉讓的四張榻榻米後，總算有了家的樣子。

保志美準備晚餐時，四個孩子圍著地爐團團轉，開心得不得了。

「這是我的家！」

「我的家！」

保志美心疼不已，雖說之前住的是自己的娘家，但孩子年幼的心靈或許還是對寄人籬下的身分感到不自在吧。

昭和二十二（一九四七）年四月，保志美在熟人的幫助下，再次於婚前任教的小學重執教鞭。她的內心無一日安穩，唯有相信丈夫平安無事和孩子們健康成長，是她心靈的支柱與期盼。

長男顯一考上松江高中時，保志美想起前往哈爾濱探望丈夫時，幡男說的話——「孩子們的教育務必拜託妳費心了」。

考量到孩子們的將來，保志美決定從隱岐搬往松江市。

幸運的是，保志美託人幫忙，成功轉任松江的小學，將安置在戶畑的婆婆接回家。當從丈夫滿鐵的朋友那裡，得知幡男似乎被送去西伯利亞收容所的消息時，保志美震驚得幾乎無法呼吸。

「他……怎麼會去、西伯利亞的收容所……」

丈夫是只要喝醉就會把想去俄羅斯當成口頭禪的人，親俄派的他竟然被拘留在西伯利亞……怎麼想都不合理。從那以後，保志美便再也不知道丈夫是生是死，日子就這樣一天天過去。

丈夫報平安的明信片上，收信地址寫的是保志美的娘家「日本國島根縣隱岐穩地郡五箇村」。明信片從娘家再轉寄至松江。

懷念的字跡與口吻，保志美握著七年來丈夫的第一張明信片茫然自失了一會兒後忽地回過神，朝房裡的婆婆和孩子們忘情大喊：「爸爸還活著！」

2

一九五二（昭和二十七）年八月二日晚上，就在哈巴羅夫斯克第二十一分所的日本人一心盼望來自祖國的回信時，收容所的營房突然詭異地響起點名的鐘聲。這種敲打鐵軌的鐘聲是要大家起床、點名、工作的集合訊號，規範了收容者的日常生活，因此也被叫做「地獄鐘聲」。
然而，夜晚的鐘聲卻是特例。
監視兵要眾人在廣場上整隊，粗聲大罵，反覆清點人數，殺氣騰騰。隊伍中，野本貞夫聽到有人竊竊私語：「好像有人逃走了。」
「逃跑的好像是第四中隊的四個人。」
眾人被放回營房時已是深夜。
隔天早上，山本一和餐廳裡的野本四目相交，便立刻來到野本身邊，在他耳邊低語：「行動了，終於行動了。」
山本的聲音裡有著壓抑不住的興奮。
「野本，這下一定會成功。」
山本將聲音壓得更低道：「這是祕密。松野他們啊，帶著我們全部人的名冊。」
「名冊……」
「其實……他們是為了讓日本知道我們在西伯利亞這邊的拘留情況，製作了全員的名冊帶在身上逃走的。」
「……可是，他們要怎麼……」

「放心。松野和丹巴耶夫都會說俄文，逃走的那四人年輕力壯，身手矯健……這下……一定會成功！」

山本的眼睛熠熠生輝。

逃走的四人，分別是第四中隊的松野學、吉垣勇、蒲浩二，以及年輕時曾在日本生活，於興安特務機關工作的布里亞特蒙古青年·丹巴耶夫。那一天是星期日不用工作，收容所到處聚著人群，話題全都圍著這四人打轉。

雖然山本告訴野本，松野和吉垣他們帶著第二十一分所裡所有人的名冊逃走，野本卻對山本為何會知道這件事納悶不已。

收容所查問了當晚值勤的蘇聯士兵，也一一將與四人親近的第四中隊隊員傳喚到辦公室。但野本和松野等人住在不同營房，分配的工作也不一樣，並不知道詳情。然而山本卻說：「聽說，他們四人事先準備好了蘇聯兵的衣服，應該是要從朝鮮回日本吧。」

山本的口氣就像是四人已經成功脫逃了一樣。

然而，松野與其他三人卻在第二天被逮捕。

四人獲刑監禁一年，隔年一九五三年八月，再次被送回第二十一分所，才揭露了這場脫逃行動的具體情形。

根據松野等人的說法，他們幾個月前便開始擬定脫逃計畫。執行時間定在方便行動的夏天，計算月亮週期後，選了沒有月光的八月二日夜晚為逃亡日。

四人一點一滴攢下黑麵包，並製成麵包乾以便逃亡時攜帶，將那些麵包乾藏在防寒長靴裡慢慢累積數量以免露餡。

逃亡的服裝也費了一番苦心。身為「櫻樂劇團」一員的吉垣，以「尋找戲劇要用的衣服」為由，從所裡的服裝倉庫籌措需要的品項。夜晚，他們悄悄潛入裁縫場，量身打造了四套附有肩章的軍服，蒲和吉垣是普通士兵，丹巴耶夫是下士，松野則為上士。接著，趁工作時將衣服偷偷帶出營，事先藏在市內第四建築工地的地下室。

脫逃計畫中最困難的，是成功變身為蘇聯士兵的走路方式。蘇聯士兵中也有許多人是亞洲血統，長相穿幫的風險並不高。但日本人由於經歷長期拘留生活，養成了低頭走路的習慣，儀態姿勢很差，從走路方式一眼就能看穿他們不是蘇聯士兵。為了模仿蘇聯士兵抬頭挺胸走路的樣子，松野等人在劇團成員吉垣的指導下，不斷練習、矯正走路姿勢。

關於脫逃路線，四人預計先前往可以跳上西伯利亞鐵路火車的地方，穿越國境後由北朝鮮至南朝鮮，連途中渡河造船需要用到的繩子、小刀、指南針和地圖都暗中準備妥當。地圖則是關東軍軍官贈與的私藏。

最後只剩下逃出收容所的方法。

收容所周圍布滿一大片有刺鐵絲網與三公尺高的木柵欄，並設有監視望樓。夜晚，營房區一片昏暗，唯有望樓的夜燈，明燦燦地照亮十公尺內的範圍，步哨則是每二十分鐘巡邏一次。

脫逃四人組中心的松野找到了一處望樓看不到又是監視兵視線死角的絕佳所在。他們要挖一條從營區大門和衛兵室之間逃出去的地道。松野等人經過多次調查後確定，衛兵室雖有值班軍官和士官駐守，監視卻反而鬆懈。加上餐廳前的水溝又剛好直接連向衛兵室地下，便決定沿著這條水溝前往衛兵室旁。

又恰好，收容所要重建衛兵室，搭了間小木屋充當臨時衛兵室，衛兵室門外就挖了一個洞以挖掘小木屋的補土。因此，松野他們從餐廳旁鑽進水溝，以當兵時習得的匍匐前進要領前行，順著挖補土的洞穴平安逃出營外。

離開營區後，他們換上事先藏在工地的軍服，穿上長靴，將原本的衣物塞進密閉鐵桶又灌了水，以免軍犬嗅出蛛絲馬跡。

四人回頭看向第二十一分所時，內心充滿無盡感慨。

從工地步行約七公里處有個小車站。一列慢行車正準備出發，四人跳上最後一節車廂，攀爬進車廂通道。他們往車廂內部覷了一眼，發現雖然一大清早天色還很昏暗，乘客卻意外地多。由於四人雖然化身蘇聯軍士，但身上既無車票也無外勤證明，因此便避開進入車廂，爬上列車車頂。

途中，天空下起雨來，渾身溼透的四人緊緊抓住車頂，後因列車進站只能跳下車。他們鑽進車底窺探四周的情況，卻冷得止不住顫抖。說得一口流利俄語的松野到車站商店買了瓶伏特加，四人喝下後稍微喘了口氣，再度跳上發動的列車。然而，由於這輛列車是貨車，引起了鐵路警察的懷疑。四人慌慌張張跳下列車逃跑，最終還是被抓了起來。

四人事後才知道，貨車只有鐵路相關人員才能搭乘，他們四個卻全都穿著軍服反而弄巧成拙。

松野跳下列車時將藏在身上的拘留者名冊撕破丟棄，但脖子打著紅領巾的пионер（少年先鋒隊）孩子們卻將名冊碎片拼湊起來，偵訊時看到復原的名冊後，四人皆啞口無言。

「怎樣？在我們蘇聯，為了保衛祖國，連孩子也會傾盡全力幫助軍人喔。」

偵訊軍官一臉得意道。

松野和吉垣四人之所以獲判監禁一年還能回到第二十一分所，據說是俄國國情所致。在這個國家裡，雖然政治犯、思想犯是重罪，但除了這兩者，就算是殺人也只會判個五年、十年刑期便了事。另外，也許與一九五三（昭和二十八）年史達林的死亡也有影響，四人才得以意外獲得輕判。

當聽到松野等人第二天便遭到逮捕後，山本失望的樣子超乎野本的想像。對野本而言，山本當時沮喪的模樣，比四人脫逃更令他印象深刻。

山本是不是因為俘虜可以寄信的關係累積了對日本的思念，因此才希望至少能將拘留者名冊送出去，委託松野他們行動呢？山本自己並不是會逃走的類型，就算真的嘗試大概也沒把握成功吧。或許正因為如此，才會將自己無法實現的願望寄託在四人身上。

山本難得沒有對野本說太多詳情，但野本知道山本為這份脫逃計畫貢獻良多。而在脫逃事件後不久又發生了一件大事——前關東軍大佐遭監視兵以曼陀林槍射殺。據說，大佐並非是想逃走，而是神智不清，搖搖晃晃靠近有刺鐵絲附近，遭監視兵發現。

這兩起事件對收容所裡的蘇聯相關人員和拘留者帶來了重大影響。收容所長從上尉降為中尉，政治部軍官米辛少校也降為上尉，調派至別處收容所。

米辛比所長握有更大的權力，一旦找到言行舉止有反蘇意圖的人便會嚴加審訊。米辛的揭發機制，是靠一群日本人的檢舉發揮功效。拘留者視那些告密者為蘇聯的「鷹犬」，稱他們為「汪汪」，嚴加提防。儘管檢舉組織網布局精細，但大夥大多明白誰是「汪汪」。

阿穆爾俳句會也一樣。一次，成員伊藤謙三在俳句會後的閒聊中提起：「我聽說朝鮮人口因為朝鮮戰爭少了四成……」語畢，伊藤注意到有個被說是「汪汪」的M也在席中。

當晚，米辛在工地審訊告訴伊藤這些話的朝鮮人。米辛不只將那名朝鮮人關進懲戒室，還將他編入由自己直接監管的作業班。該作業班被稱為「米辛бригада（作業班）」，往返工地的路上控管嚴格，工作也特別艱辛，人人避之唯恐不及。

繼米辛之後，收容所來了新的政治部軍官。這名政治部軍官跟米辛半斤八兩，為了避免再次發生脫逃，甚至針對日本人往返工地或集會活動制定了比以往更嚴格的監視體制。

團本部內部也起了翻天覆地的改變。團長瀨島遭到撤換，接任的木村之後也被換了下來。山本被拔除文化部長的位置，收容所指定一名叫鶴賀的男人，代替他擔任文化部長。

收容所裡有個二十幾人成立的《聯共（布）黨史簡明教程》研究會，稱作「黨史研究社」，研究社以淺原正基為中心，在蘇方特別撥下的房間裡聚會。傳聞，他們受蘇聯政治部庇護，檢舉所內或工地裡有反蘇言行的人。潛入阿穆爾俳句會的M和新任文化部長・鶴賀也是「黨史研究社」的一員。

這個社團在脫逃事件後，開始事事仗著蘇聯的權勢狐假虎威，令收容所內的氣氛更加慘澹。隨著所方加強監視體制，草野球和「櫻樂劇團」的戲劇表演都遭到禁止，阿穆爾俳句會和其他同好會也被下令解散。

然而，即使被迫解散，山本和同伴仍然保持聯繫，偷偷在浴場更衣室或洗衣場繼續舉辦俳句會。聚會前，成員會先調查夜晚值勤的軍官與士官姓名。收容所方也有些同情日本人的蘇聯人，監視力道較為寬鬆。

俳句會成員挑選那些人值勤的夜晚，聚集在木頭更衣室或是洗衣場辦句會。句會的進行方式也變成各人事先寫好俳句，再由山本標上◎或○，給予短評的形式。成員們避人耳目，珍惜這一小段的相聚時光，在俳句會裡獲得了暫時的慰藉。

三人在地上寫字的俳句會。

「這個啊，是我們的夜學……夜學。」

即使面對這樣的處境，山本也絲毫沒有氣餒，維持一如既往的作風。不如說，逆境中的山本反而更顯意氣軒昂。森田栗仙想起了在第六分所時只有三人在地上寫字的俳句會。

山本以此刻的處境創作了一首俳句給成員們看。

吾等夜學，混合出浴氣息，清新蒸騰

「夜學」是秋天的季語。山本以夾帶些許俳諧幽默的句子勉勵愁眉不展、意志消沉的夥伴，為大家打氣。

收容所不只禁止集會，連每日的勞役內容也遭到嚴格管理的波及。

山本這些身體虛弱或是年事已高，之前被分配到相對輕鬆營內作業的人，開始被迫參與營外作業。由於這樣的改變與其說是彌補勞動力不足，懲罰的意味更濃厚，因此要他們做的都是些鋪石修路、在建築工地搬運木材、運土等重度勞動。

長谷川宇一也是從營內洗衣班轉至營外作業的其中一人。

所方讓長谷川前往紙廠的建設工地後，要求他加入鋪石修路的工程，作業內容是拓寬道路、鋪設石板。同伴們擔心年過五十的長谷川身體負荷不了，便讓他為鋪好的石板之間填縫，做些相對輕鬆的工作。長谷川得蹲下身子，拿鐵鎚將四散在周圍的石材碎屑打入石板的縫隙間。

「有時腦海裡浮現好句子時我就會變得心不在焉，不小心敲到自己的手指，得小心點才行吶。」

夜晚，長谷川在洗衣場暗地舉行的俳句會上分享這些事，提振夥伴們容易消沉的心情。

紙廠建設工地後方有西伯利亞鐵路通過，許久沒有接觸戶外景色的長谷川經常停下擦玻璃的手，眺望奔馳而去的列車或散落在附近的房舍。雖然工地四周架起的高牆宛如屏風，但從牆縫偷看蘇聯人的日常生活也是一種樂趣。

某天，蘇聯監工醉醺醺地來到工地，那是個喜愛喝酒、令人無法討厭的男子。過了一會兒，監工太太出現。她的身型遠比丈夫高大，劈頭就朝丈夫怒吼，一陣挖苦嘲諷，接著就像是揪著家中貓咪的脖子般把丈夫拖走了。看得長谷川和在場的其他人是目瞪口呆。

「那傢伙回家一定會被狠狠教訓一番。」

「話說回來，俄羅斯女人感覺還真悍。」

眾人你一言我一語，暫時抒發抑鬱的心情。

山本從原本的營房移到了野本住的房間，床位也跟野本一樣在下鋪，比鄰而眠。兩人的作業班也一樣，位於哈巴羅夫斯克市內的建築工地，山本負責搬運窗戶玻璃。窗戶玻璃約半張榻榻米大，極為沉重。山本得將那些玻璃用繩子捆在瘦弱的背上，一步一步扛到建築的上方樓層。

野本即使做著不同的工作也一直為山本擔憂，深怕他被那些玻璃壓垮。

收容所裡瀰漫著沉鬱的空氣，人們越來越少提起дамой（歸國）的事。好不容易寄出的家書卻沒有半點回音，加速了眾人絕望的心情。

每年一到九月底，收容所的人便會開始填補營房窗戶上的縫隙孔洞，修理暖爐。一旦開始為準備過冬而忙碌，就會深切感受到今年也無法дамой（歸國）的失落。然而，一九五二（昭和二十七）年的初冬，這股失落之情格外深刻。

阿穆爾俳句會裡的下村信禎倒下，便是在這年初冬。

下村於凌晨時分到外頭小解時，突然暴露在極度的低溫中，一回到營房蠶架便摔倒在地。附近蠶架的人聽到聲響醒過來後衝上前去，只見下村口吐白沫，幾乎失去意識。平常有些低血壓的下村，血壓竟然上升至兩百以上，眾人立刻將他抬去病房，結果似乎是腦梗塞。

阿穆爾俳句會裡，過去擔任滿鐵北安管理部部長的市瀨亮（里羊）以及步兵第三七七部隊的須貝良民大佐，也是於初冬時撒手人寰。多年的重度勞動與營養不良侵蝕著眾人的身體，絕望與嚴寒更令情況雪上加霜。

服裝班的市瀨里羊是在發完隆冬的防寒衣物沒多久後亡故。與里羊親近的森田栗仙為他寫下悼念的俳句：

棉衣交付千人，長辭世間　栗仙

山本也為自滿鐵時期便是夥伴的里羊追悼：

初冬寒色，沉鬱灰濛，里羊忌

在祕密俳句會裡，他也為繼里羊之後而去的須貝大佐吟唱：

寒月雖盈，是夜，北風卻嗚咽哭泣

齊聚一堂的俳句會成員個個表情黯淡。儘管在討厭「白樺派」的山本面前，誰都沒有說出口，但人人都覺得自己或許就是下一個。

蠶架上的野本聽著身旁的山本夾帶著嘆息呢喃：「阿穆爾俳句會變成一場又一場的追悼句會了。」

3

在哈巴羅夫斯克天空覆上一層沉重鉛色的十一月中旬，第二十一分所找回了久違的明朗空氣。收容所收到來自故國日本的第一封回信。此時，距離大家寄出明信片已經五個月，眾人被帶到蘇聯已七年有餘。

好不容易終於盼到了來自日本家人的消息，眾人日益頹廢的表情也難得回復了明亮。

一名新婚後立刻奉召入伍、被迫與妻子分離的男子，在本部收下妻子寄的明信片後，一回到營房便靠著牆壁細細閱讀。他神情真摯，連明信片上的字跡也再三端詳，反覆看了一遍又一遍，同房中的人也全都盯著他瞧。

無論再怎麼隱藏，畢竟身處擁擠的營房，加上只有男子收到來自故鄉的第一封信，眾人的視線當然忍不住往男子身上飄。

其中，有個人悄悄靠近男子，那人從旁偷覷明信片後怪聲叫道：「好好喔……一日不見，如隔三秋啊……」

「上面才……才沒有那樣寫！」

男子將明信片藏到身後，滿臉通紅。

「是新婚妻子喔，竟然是新婚妻子寄來的信！」偷看的男子高聲向周圍宣傳。

「新婚妻子」這個詞一時間成為同營房室友間的話題。不只那名男子，對其他人而言，相隔七年的歲月，新婚妻子依然還是「新婚妻子」。寫下那封信的妻子，瞬間成為同寢眾人共同的「新婚妻子」。

這張明信片令還沒收到回信的人像是也收到自己妻子來信般的喜悅，暫時沉浸在幸福的情緒裡。

繼第一封明信片後，回信接二連三到來。還有人從收容所政治部軍官手中拿到信，上氣不接下氣地奔回營房後，卻只是看著明信片一臉茫然。這個男人就是在收容所醫院擔任牙醫的內藤則孝。

「喂，你怎麼了？」睡在內藤隔壁的間野卓爾擔心問道。

內藤出身福島縣三春的富貴人家，是個溫室中長大的少爺，文質彬彬，個性天真爛漫。

「不行，不行。」內藤激動地回答。

「怎麼了？是寫了什麼不好的消息嗎？」略感不安的間野緊接著問。

幾天前，同寢裡也有個人在看了日本寄來的明信片後便再也不說話了。那是張來自故鄉老母親的明信片，告訴男人他的妻子已經再婚，再婚對象是男人的親弟弟。

雖然那是因為家中還有孩子，加上戰後過了七年男人始終杳無音信，周圍的人認為男人想必已經戰死，顧慮女方所做的決定，但男人還是受到沉重的打擊，連一旁的人看了都覺得難受。

然而，內藤是單身。難道說，是老家有什麼不幸的事嗎？間野再問：

「喂，該不會是你老媽走了吧！」

「不是……是我，看不清上面的字……」

來自日本的明信片令內藤內心激盪，雙手發抖。因內藤的單純啞口無言的間野，替他看了明信片上的內容。那封家書來自福島縣，傳達了父母在得知兒子平安無事後的欣喜快慰。

來自日本的回信，令所裡幾家歡樂幾家愁。

阿穆爾俳句會的坂間湘江從日本來信中得知妻子的死訊，參加俳句會時，湘江想著失去母親的孩子在日本等待自己的模樣寫下了一首俳句，觸動人心。

孤苦伶仃，北風悽悽不已，惶惶虎落笛[21] 湘江

「野本，今天湘江君寫的句子真好，我們全都哭了。」山本對野本道。

有些人則是從故鄉的來信中得知妻子在滿洲引揚途中過世，草地宇山以及山本東京外國語學校的學弟山岸研便是其中之一。

21 虎落笛為冬天季語，形容寒風吹過籬笆，柵欄發出如長笛般悽厲的聲音。

草地從營外作業回來吃完晚餐剛躺到蠶架上，本部的人就說有明信片傳他過去。來到本部後，只見辦公室前排著隊伍。待輪到自己時，草地走進辦公室。

「黨史研究社」的通譯和蘇聯軍官一一發放明信片，軍官對明信片上的內容挑三揀四。軍官一看到草地，便拿著明信片質問他：「這是誰寄的？」

「我沒看到信不知道。」草地回答。

「搞什麼，你這種態度別想我會把明信片給你。」軍官道。

草地的怒氣也被激了上來，他回道：「如果你不願意給我的話，我也不打算拿。但我會向莫斯科申訴。」

草地不僅有著前大佐的身分，加上蘇聯的犯人也有上書莫斯科的權利，蘇聯軍官便將明信片丟了過去。

拿到明信片時，草地發現寄件者寫的是長男，而非妻子的名字，心頭一驚，擔心妻子是不是發生了什麼事，忐忑不安。

一離開辦公室，草地馬上讀起還是中學生的長男寫的明信片。果然，信上提到，妻子和另外兩個年幼的孩子，在引揚途中因流行性斑疹傷寒死於平壤。

草地將當時的心情寄託於短歌中：

母親已逝——緊握孩子稚嫩的家書，壓抑忍耐，讀了一遍，又讀一遍。

宇山

然而，也有許多人相隔數月還是沒有收到回信。

山本和野本始終沒有收到日本的回音，儘管彼此都沒說出口，卻隱藏不了內心的擔憂。兩人早有所覺悟「俘虜郵便」會遭到嚴格檢閱，但他們已小心翼翼，避開可能會引發問題的文字卻仍無回音，不禁擔心起家人是否出了什麼事。

拘留者每個月都會收到一張往返明信片，山本和野本沒有放棄，持續寫信回日本。

〈一九五二年十月十日，第五張明信片。由於尚未收到任何回信，全然不知你們那裡的情形，但我想母親和大家應該都健康無事。我跟之前一樣身體康健，不用擔心。我最在意的是孩子們是否平安以及他們的教育。請注意身體，別讓他們生病受傷，接受適才的良好教育。日子或許不會太輕鬆，請勉[22]、新津[23]，或是別府的叔父幫忙，教導孩子成為獨當一面的優秀大人。我體驗學習到許多事，對「人道」有一番醒悟。相信重逢之期必不遠，替我向大家致上問候。〉

山本寫下第五張明信片，開頭便散發出沒有收到來信的焦慮。山本六月寄出的明信片直到十月十日，依然沒有收到保志美來自日本的回音。野本貞夫也向妻子的娘家佐賀縣三養基郡中原村寄了信。

〈這是第五封信。這裡已有人收到第一封信的回音我卻尚無妳的消息，期盼妳的來信。衷心為我們九週年結婚紀念日高興。

總之，我很好。願大家平安無事。〉

22 作者註：山本離家當養子的弟弟。

23 作者註：妹妹千乃的丈夫。

明信片上說的九週年結婚紀念日是十月四日。距離野本寄出第一封信過了五個月仍舊沒有回信，不僅如此——

〈寄出第七封信。至今仍尚未收到任何一封日本的回音，雖然深信妳一定會回信，卻也有些許不安。（略）無論如何，讓我們彼此都心懷希望生活吧。臘月已至，務必保重身體。〉

野本在信裡訴說即使到了這一年的十二月，依然沒有收到故鄉妻子的回音。自從一九四五（昭和二十）年八月六日，野本於新京的興安街和妻子康子分別，前往奉天赴任後，兩人便再也沒有見面。野本腦海裡浮現的，是妻子十九歲時的少女面容。

隔年一九五三（昭和二十八）年新年過後，山本好不容易終於收到妻子保志美的第一封回信，此時距離他寄出第一封信已超過半年。山本喜不自勝，還向野本與坂本省吾展示那張明信片。

沒多久，野本也收到妻子康子從寄居的佐賀娘家寄來的回信。距離野本送出第一封信整整過了七個月。

4

那一年才剛二月，野本便罹患支氣管炎，住進了收容所裡的醫院。七年的收容所生活令眾人身體日漸虛弱，倒下的人數開始令人無法忽視，彷彿整座巨大的收容所正不斷衰老。

野本才剛入院，山本便前來探望。

「給你，探病禮物。」

山本有些難為情地遞給野本一罐罐頭。

「你特別去賣店排隊買這個罐頭給我嗎？」

野本喉間一緊。

山本是個任由摻雜銀絲的鬍子恣意生長，連去收容所裡日本人開的理髮店都嫌麻煩的人。

「山本……這些錢……」

「我啊，現在去做修補麻袋的工作了。所以別擔心，沒事。」

語畢，山本咧嘴露出大大的笑容。

野本實在不覺得山本有辦法完成基本定額以上的工作量獲取工資。修補麻袋的工作，一定也是幾個作業班長不忍讓身體虛弱的山本在嚴寒中到營外作業，商量後將他換成了營內作業。

然而，山本卻開朗地說：「阿新也一起喔，真是幫了我大忙。」

「新森也跟你一起嗎？太好了。」

野本稍微放下心。野本雖然不曾跟新森貞本人說過話，但山本經常提起這個從地獄谷第六分所就一直在一起的夥伴名字，因此新森對野本而言，就像是老朋友般親切。

在西伯利亞，從煤炭、穀物、家畜飼料到蔬菜魚肉等物資的收納與搬運，用的都是麻袋。儘管修補麻袋上的破洞會激起滿天塵埃，許多人的肺部和支氣管因此受到傷害，但與嚴寒中的營外作業相比，體力負荷輕鬆許多。

麻袋修補的一日平均基本定額大約是一人二十袋，山本的手藝本就笨拙，加上近視又漸漸混合老花眼，連穿針引線都不容易，一天要達成一半的規定作業量肯定都很艱難。從山本的話中也能察覺出，他的麻袋修補定額，有同一作業班中的新森和其他人幫忙。

探病購買罐頭的錢也是。大概是阿穆爾俳句會和山本的幾個好朋友，為了讓他買些有營養的東西吃，分了他一些盧布鈔吧。一想到這個從沒去過賣店的男人排在人龍中，拿著本就少得可憐的錢買罐頭給自己，野本的心口便熱了起來。

罐頭以舊壁報新聞包裝，打了一個十字繩結。拆開包裝後，裡頭有張寫著俳句的新聞紙便條。

如月——薄暮望群山，輕輕淺淺的綠　　北溟子

西伯利亞的二月是寒氣最為凜冽的月份。往返工地的路上大家都繃著身軀，低頭盯著雙腳加快腳步，沒有人有餘裕留心周圍的景色。

然而，當二月來到盡頭後，寒風中便會悄悄潛藏春意，連空氣也變得溫柔。即使走在工地的圍欄裡也能感受到，枯槁的群山漸漸染上微微綠意，璀璨明亮起來。

此時雖然頭戴防寒帽，領口包得密不透風低頭行走，卻會不經意抬起目光眺望遠方感慨：「山色也漸漸透出綠意了呢。」

一抬頭，寒風便又溜進頸畔，冷得發疼。

野本從這首俳句中讀到了山本的心意。

染上綠意的群山代表著眾人的冬天也即將結束。山本藉由贈送這首俳句，是想鼓勵病榻上的野本：「你看，春天就快到了。我們收到了家鄉的來信，**дамой**（歸國）的日子也不遠了喔。」

蘇聯每個月配給一張往返明信片後，必定會要求收容者在寄件地址處寫上「蘇維埃社會主義共和國聯邦」的簡稱「ＣＣＣＰ」。只不過，日本人每次寫這四個字時都會改唸成「死咪兒，死大林哪，斯巴斯提，來喜[24]（史達林之死救俄國）」，一解心中怨氣。

一九五三（昭和二十八）年三月五日，這個受眾人怨恨的史達林死了。他的死令拘留者百感交集。

小高正直與同伴被派到遙遠的伐木場工作。

兩人一邊砍伐要做成薪柴的大樹，一邊計算大樹切口的年輪，好奇這棵樹的年齡，結果發現那棵樹可以追溯至文藝復興時代，深深感嘆西伯利亞的

24 原文以片假名呈現，俄文原文為：Смерть Сталина спасти Россия。

壯闊。兩人花了兩天的時間終於砍倒那棵樹後，察覺分布在附近的房子皆降下了半旗。

「欸，是不是哪個大人物死了啊？」

「該不會是史達林吧？」

兩人開著玩笑。回到收容所後，所裡已為了史達林死去的新聞鬧得沸沸揚揚。小高心想，這下他們終於能回日本了。

自從前一年八月的四人脫逃事件後，收容所便規定眾人理光頭，好讓人能一眼辨識出他們囚犯的身分。但從這天起，小高便開始留頭髮。雖然蘇聯監視兵時常到餐廳檢查頭髮，但每次監視兵來時，小高都躲在別人身後避開監視兵的視線，蒙混過關。

史達林死亡那天，後藤孝敏在哈巴羅夫斯克市的建築工地工作。冬季挖掘凍土與打造地基的作業已經結束，大夥每天忙著砌磚。即使接近正午，寬敞的工地依舊斑斑點點，留著前一天的殘雪。由於那日無風，陽光一接近中午也暖和起來，磚牆的縫隙間冒出蒸騰的霧氣。

此時，一名日本人跑過來高喊著：「史達林死了！」

「дамой（歸國），我們能回日本了！」

「萬歲！萬歲！」

周遭人群中傳出預期外的歡呼聲。史達林一死，收容所的春天也不遠了。後藤心想，日子應該不會再變得更差了吧。工地裡身分低微的蘇聯人，似乎也和日本人一樣因史達林的死感到解脫，臉上充滿喜悅之情。

史達林過世後沒多久，馬林科夫就任部長會議主席，宣布大赦，釋放大批蘇聯政治犯。

工地的蘇聯監視兵也紛紛對他們說：「也蹦此，斯溝辣，打末以[25]（你們日本人也快回家了）。」

然而，即使一直聽到「斯溝辣，打末以」，來到西伯利亞也已經第八年，關於дамой（歸國），眾人心裡皆是期待與不安參半。

不過，史達林的死亡確實為收容所帶來了一絲明亮的氛圍。蘇方突然允許日本寄送包裹過來了。

提起日本的滋味，富山縣出身的高良富訪問完收容所回國後，受富山縣拘留者家人的請託，曾經從東京寄過來一次山本海苔。收容所裡的富山縣人

---

25 原文以片假名呈現，俄文原文為：Японцы скоро домой。

對只有自己能享受故鄉滋味感到過意不去，於是將海苔分給大家。

眾人收下海苔後沒有一個人立刻吃下肚，全都開心地擺在掌心上觀望，或是聞一聞味道，或是摸一摸海苔。

當時的海苔滋味令人難忘，長谷川在俳句會上不斷對山本他們說：「我覺得血液裡的含碘量好像都突然增加了！」

獲得許可的日本包裹帶來了令人懷念的味道，是不同於明信片的故鄉氣息。包裹抵達後，所方會在蘇聯檢查員的面前於餐廳發放。由於包裹裡每一項物品都得經過嚴格檢閱才能拿到，只有五、六個人領包裹也要花上兩小時。

罐頭必須當場打開，蜂蜜蛋糕和肥皂則要切碎，仔仔細細檢查裡面是否有信函、利刃或是逃脫用的工具。毛筆或鉛筆等用具會慘遭折斷，更別說筆記本一類的物品，一定會被沒收。

曾有寄來的盒子上印著「ＣＡＫＥ」的字樣，裡頭裝的是餅乾，但ＣＡＫＥ在俄文裡讀做「ＳＡＫＥ」，與日文「清酒」同音。

「這是日本酒，不行。」

「那不是酒，打開就知道了。」

抵抗徒勞無功，那一盒餅乾便被檢查員當成酒類沒收了。

也曾經有檢查員因為森永和明治水果糖罐上的商標是英文，表示「這是美國製的」，因而收走了水果糖罐。

日本寄來的包裹也帶給大家另一項新情報。收容所的蘇聯人平日總說日本經濟不景氣，國民貧窮，生活困苦。然而，眾人都在談論，從這些寄來的物品可以感受到，祖國重建的情形比想像中更好。

此外，也有人看到家人寄來的包裹發現妻兒生活拮据，備感心痛。長谷川宇一的包裹裡只有襯衫和牛奶糖。由於是第一份包裹，妻兒應該也是竭盡所能寄出現有生活中合適的物品。長谷川發現，家裡之前寄來的明信片雖寫著生活無虞，其實只是為了不讓自己擔心罷了。

看著家鄉的包裹，長谷川的腦海不禁浮現妻兒疏散到東北鄉下生活後，彼此扶持的身影。

春日陣雨——包裹中窺見，妻子清貧　　芋逸

當時，山本在松江市的妻子保志美也在貧困的生活中努力籌措置辦鋼

筆、筆記本，甚至還買了新毛衣和內衣送去西伯利亞。保志美打包時心想，丈夫是那麼喜歡寫作，收到鋼筆和筆記本一定最開心。此外，包裹裡還默默放了四個孩子的作文與圖畫，還有母子五人第一次進照相館拍的紀念照。

〈收到了，收到了，包裹平安無事抵達了。五月十三日傍晚，我確實收到了第一份包裹，感慨萬千，唯有無盡感謝。看見一家人拍的照片我實在開心無比！特別是顯一成熟許多，我都認不出來了。厚生和誠之也都長大，還有遙香，現在是個出色的小學生了呢。媽媽和妳都很健康的樣子，我就放心了。妳費心為我準備的襪子、手帕、毛衣、魷魚乾、羊羹全都令我感激不盡。不過，今後絕不需要擔心我在這邊的生活，就別再送包裹來了。尤其是文具、紙和書物，寄了也是浪費。大概是因為臥床收到包裹的關係，我真的又高興又感激，每天都會把照片拿出來看個三、四次。幸福的日子似乎已近在眼前，大家要好好活著。幡男〉

山本的文字裡充滿了意外收到包裹的喜悅。之所以會寫「不要寄文具、紙、書物」是因為領取包裹時，會眼睜睜看著這些東西遭到沒收。不過，山本當然也不可能向妻子傳達這個情況。要是寫出來，明信片在檢閱時就會被沒收吧。人在日本的保志美，全然不知丈夫在收容所裡處於何種境況。

然而，在丈夫傳達包裹抵達喜悅的來信中，保志美很介意「臥床」這兩個字。丈夫是不是病了呢？保志美心中升起一股不好的預感，感到難以呼吸。她凝神細看手中的明信片，試圖從熟悉的筆跡中找出丈夫健康狀況的蛛絲馬跡。

與幡男同年的保志美已經四十五歲了。如今的保志美心中還有一件掛念的事，那就是孩子們的教育。長男顯一在松江高中的成績也是全校第一，早早便決定以東京大學為志願。

考量到其他三個孩子的將來，前往東京是最好的選擇。丈夫的來信也再三叮囑，要讓孩子接受完整的教育。保志美常常聽丈夫提起自己年輕時便肩負長男的責任，放棄原本的志願第三高等學校，因此特別希望能成全孩子們的意願。

幸好，丈夫在滿鐵時的好友堀場安五郎在東京，什麼事都能找他商量。在堀場和保志美自身的奔走下，她終於確定能轉職到埼玉縣大宮市的聾人學校，實現無論如何也想搬到東京的願望。

保志美反覆看著明信片，耳邊傳來附近天神大人秋日祭典的太鼓聲與笛聲。十歲的小女兒遙香哼哼唱唱：「爸爸回來以後家裡就會變有錢了吧。然後我要跟爸爸去祭典，請他買好多好多東西給我。」

女兒與父親分開是一歲時的事，連他的長相也不記得。

距離丈夫在哈爾濱跟保志美說：「想辦法快點回日本！」已經過了九年的歲月。

5

如同保志美所擔心的，山本從一九五三（昭和二十八）年五月初便表示喉嚨疼痛，住進了收容所內的醫院。

六月底的某天清晨，收容所內突然響起集合的鐘聲。

此時距離外出作業還有一段時間。野本正覺得奇怪時便收到命令：「停止外出作業，全員攜帶行李於第一、第二中隊宿舍後方集合！」

「喂，又有誰逃跑了嗎！」

「誰知道。但突然打這鐘怪可怕的。」

眾人你一言我一語，前往指定場所集合。

監視兵讓大家排成五列縱隊後開始早晨點名。

「是不是要дамой（歸國）了？」

野本聽到有人小聲問道。眼前的光景雖與平日的早晨無異，但監視兵的表情卻似乎很溫和。

前一天傍晚，野本到醫院探望山本。

「最近，會有дамой（歸國）。」

山本以一如往常細微的聲音低語。山本提到「дамой（歸國）」時的聲音雖小，卻總是蘊含獨有的熱情。

山岸研他們曾跟野本說：「每次聽到山本的話，都覺得дамой（歸國）的日子好像真的不遠了。」

然而，面對山本的дамой（歸國）情報，也有人持嘲笑態度：「北溟子的дамой（歸國）跟立托瓦克軍醫的藥一樣。」揶揄山本的論點跟蒙古大夫立托瓦克軍醫的診斷和藥物一樣，從來沒靈驗。

山本間接聽到那些話後，難得變了臉色，激動地說：「竟然那樣說дамой（歸國）……這是攸關我們性命的大事啊……」

山本的дамой（歸國）說，是基於美國新總統上任、英國政策變化、舊金山和平會議等國際情勢的變動所提出的推斷。日本與聯合國簽訂和約時，蘇聯、捷克、波蘭等國沒有參與其中。山本從團本部的報紙得知這項消息時，曾經難掩失望地說：「果然。日本沒有跟全部的國家談和實在太可惜了。」

病房裡，山本一邊告訴野本「дамой（歸國）情報」一邊提出證據：「團本部說，六月後他們便奉命製作名冊。此外，大山郁夫這個月要來莫斯科接受史達林獎。」

因此，大山郁夫一定會和蘇聯談判關於日本拘留者的問題。野本可以感受到，山本將希望寄託在這件事上。

一九五一（昭和二十六）年，日本的吉田外務大臣致書聯合國大會主席，批評蘇聯對戰俘的處置違反國際協議，是日本政府首次針對此事發聲。翌年四月，日本雖然根據舊金山和約成為國際社會的一員，與蘇聯之間卻無邦交，只能透過聯合國戰俘委員會和國際紅十字會，將戰俘問題訴諸公論。

一九五三年十一月，聯合國第三委員會（由伯納多特伯爵夫人（瑞典）、何塞・古斯塔沃・格雷羅法官（薩爾瓦多）、翁・凱因（緬甸）三人組成）提出「和平解決戰俘問題的措施」時，尚未獲准加入聯合國的日本與德國、義大利一起獲得發言權。澤田大使陳述了日本政府的看法與期望。這是日本代表首次在聯合國大會發言。

直到當時，仍有三十萬名以上的二次大戰戰俘（日本、德國、義大利）遭到親蘇各國與中共拘留。本次大會提出各國應針對此事進行遣返戰俘的談判，決議案獲得多數通過。

然而，收容所內的日本人完全無法得知這些國際間的細微動靜，即使文化部長一職遭到撤換，山本依然致力於從團本部的蘇聯報紙掌握世界情勢，就是因為第二十一分所眾人的生死，也與國際情勢變化息息相關。

蘇聯軍官開始按照俄文字母順序唱名。一如往常，收容所對這些行為沒有任何解釋，軍官的日文又坑坑疤疤，難以聽清。當眾人發現軍官喊的並不是所有人的姓名後，全都緊張得豎起耳朵，以免聽漏自己的名字。喊到名字與沒有喊到名字的人，於左右兩邊分開列隊。

軍官喊到「K」時，出現了黑田定弘的名字。他拿著行李站到蘇方的負責人面前，報上自己的出生年月日。接著，小高正直和鏡清藏等人也被點到名字。

排在後方的鏡沒聽到自己的名字。當前排傳來：「鏡，叫到你的名字囉。」

時，他一度懷疑自己的耳朵。

「真的嗎……」鏡邊疑惑邊慌慌張張拿起身旁的行李，撥開前排的人。然而由於眾人長久以來，反覆經歷歸國的通知與欺騙，對於點到名的人是否就是能回去的人，鏡的心中仍有一絲不安。

軍官喊了大約四百多人的名字。這些人在監視兵的包圍下列隊離開了營區大門。果然是дамой（歸國）。他們手忙腳亂地出發，連跟留在第二十一分所的人交談的時間都沒有，頂多只能和親近的同伴交換一個眼神。

「保重！」

離開營區大門的隊伍中有人丟出這句話，在留下來的人耳裡聽起來淒涼又哀傷。

留下來的人再度跟平常的早晨一樣，前往各自作業的工地。

眾人皆默不作聲，不同以往，拖著遲緩的腳步，成為遺留組的失落湧上心頭。自從被帶到蘇聯後，他們一路經歷了無數次「回國」和「留下來」的光明與黑暗。

然而，這次和民主運動如火如荼時不同，當時，大家彼此防備，宛如被踢到谷底，周圍沉澱著虛無的氛圍，但在二十一分所時，眾人逐漸產生了一種命運共同體的心情。除去「黨史研究社」，彼此間的猜忌懷疑也都消失，認為大家會永遠相互扶持下去。

大家心裡某處都覺得，既然同被列為戰犯，歸國那一天應該也是一起回去吧。一千多人當中只有四百人回國，令人難以壓抑寂寞和複雜的心情。

晚餐後，野本無所事事地環顧有如缺齒梳子的床鋪。好哥兒們黑田和小高已不在，令野本躺在床上也渾身不舒暢。他前往病房告訴山本，дамой（歸國）如他所料發生了。

「是嗎？青麥君和小高他們都дамой（歸國）了嗎？」

山本躺在床上看向一旁，避開野本的視線。黑田定弘和小高正直都是山本從特務機關時代便在一起的同袍，山本一定更加感慨吧。

昨天晚上，野本、黑田和小高三人一起喝著妻子送來的玉露茶，一邊朗誦佐藤春夫的〈秋刀魚〉。

「啊啊，秋風啊，你若有情，就為我傳達吧……是嗎？……野本，你真好呢……」單身的黑田語帶哽咽道。

「黑田，你回去應該能娶個美嬌娘吧。」

野本一這麼調侃，黑田立刻害羞低下頭。黑田一定也沒想到隔天早上自己就會和野本分開。

「我想快點回去，想再去一次開羅。」曾在開羅大學留學的小高呢喃。

小高回國後應該能回到外務省，再次造訪開羅吧。

野本想起身為дамой（歸國）組，離開收容所的那兩人。

「大家都走了。」

野本話語剛落，山本也點點頭重複道：「大家，都走了呢。」

幾天後，收容所方又點了四十名左右的人。這次的дамой（歸國）組是以長谷川宇一為首的佐官階級約十人，以及一些老人與病人。然而，住院中的山本與下村虻郎並沒有進入歸國者名單。此時，大概是病情也穩定下來的關係，下村經由他人口中得知長谷川дамой（歸國）離開收容所的消息後，吟詠了一首俳句送別句友：

芋逸走，留下一把蒼蠅拍

長谷川這一批歸國組離開第二十一分所後，卡車立刻將他們載往第六分所。穿過第六分所的營區大門，即可從營房窗戶看到一群人，是幾天前從第二十一分所出發的那四百人。

就這樣，分成兩批離開第二十一分所的人們於第六分所會合。眾人稍微停留一段時間後，夏天，被塞進熱得發燙的貨物列車裡，自第二哈巴羅夫斯克站前往納霍德卡。離開收容所前，所有人都必須接受嚴格的物品檢查，任何東西只要有寫字，哪怕是一張紙條都會遭到沒收。

由於朝鮮戰爭已簽署停戰協定，因此這一批遣返者中除了日本人，還有三十名左右的朝鮮青年要送還北朝鮮。他們遭蘇聯軍逮捕時都是平壤中學的學生，由於上課時在黑板上寫了「打倒金日成」，因此全班被蘇聯當成俘虜，帶往西伯利亞。

脫逃事件發生前，第二十一分所裡有舉辦一種名為「學術講座」的課程，教授英語、俄語、數學等內容。由於昔日在特務機關工作者，或滿鐵相關人員中有許多人出身一流大學，二十一分所擁有豐富的講師人才。

數學講座有初、中、高級三個班，課程內容從基礎代數、幾何到微積分都包含在內，講座的盛況簡直可用「收容所大學」來形容。山本也擔任了俄語講座的教師。

認真出席這些講座的，即為平壤中學的朝鮮青年。他們的中心人物是一名叫幀書臨（音譯）的年輕人，求知若渴。

他說：「我們很快就會回去了，所以得好好學習才行。」幀書臨不僅參加英語、俄語和數學講座，甚至還央求山本除了俄文外，也教他們一些日語古典。

山本很疼這些年輕人，對上課充滿期待。朝鮮青年也相當仰慕山本，稱他為「北溟子老師」，山本生病後，還輪流前往病房，為山本捶背揉腳。

幾個年輕人在離開收容所前來到病房和山本道別。幀書臨臨別時道：「如果您收到我們的信，上面寫著非常滿意現在的生活，那情況就是完全相反。」

幾個月後，山本收到了一張回歸北朝鮮的青年寄來的明信片。明信片上寫著他們臨別時提到的那些話。

「真可憐。阿省，他們明明都是那麼好的孩子……」

團本部員坂本省吾來探望山本時，山本不停如此感嘆。

這一年，以中國遣返殘留境內的日本人為首，菲律賓文珍俞巴監獄的日本戰犯、聯合國軍方逮捕的日本受刑者也相繼獲得遣返。

五個月的期間裡，暫時留在納霍德卡收容所的小高與黑田，也與來自其他收容所的人會合，十二月一日，於京都舞鶴港上岸。當時的梯團長為長谷川宇一。

長谷川以下八百一十一名回國者被稱為第一批長期拘留歸國者，其中除了三百九十一名普通日本百姓外，還有九名女性、一名孩童、二十七名病患，約三百名為原本住在樺太的民間人士。

在歸國船「興安丸」兩天兩夜的航行中，長谷川一行人顧不得在西伯利亞八年多的疲勞，開始製作拘留者名冊。儘管一切都倚賴記憶，一行人還是完成了一千六百八十二名的殘留者名冊，和超過五百名的死者名單。長谷川等人抵達舞鶴後沒多久，隨即著手發起殘餘同胞的歸還運動，積極投入國會請願等活動。

在此之前，已有將近六十萬名的西伯利亞俘虜回國，但有組織的引揚運動卻是從這之後才展開。第一批長期拘留歸國者各自分頭行動，拜訪還留在蘇聯的夥伴們老家，傳達他們的消息。

黑田定弘和小高正直前去拜訪保志美的事，山本是從幾個月後，保志美寄來的日本信件中得知。

長谷川等人離開後，第六分所移送了一批新人來填補。其中包含了與山本一起待過哈巴羅夫斯克紅監獄病房的橋口松男。橋口蓄著一臉鬍子，人稱「鬍鬚橋口」。

前來病房的橋口一看到山本，馬上發出見鬼般的驚嘆：「山本，你還活著嗎！」接著又說：「你的臉色比那時候好多了，看起來更像個人了。」逗得山本開心不已。

團本部的團長也換了人。來自第六分所的吉田明夫奉蘇聯命令，接下團長一職，所內的作業隊也重新編列，每個人的作業工地也都有了改變。野本進入古池一郎班長的作業班，開始負責以木製抹刀塗抹屋子牆壁的泥水工作。

第一批長期拘留者回國後，留下來的人引頸期盼蘇方公布下一批歸國者名單，但隨著那一年秋天過去，冬意漸濃，眾人漸漸死心，再也不提此事。

第五章　西伯利亞的「海鳴」

1

一九五四（昭和二十九）年，阿穆爾河結冰，第二十一分所正式迎來冬天，山本的健康狀況還是老樣子，沒有釐清正確的病灶，病情雖時好時壞，卻確實不斷惡化。前往探病的人都看得很清楚，山本的身體十分衰弱。

儘管山本的耳朵流出大量膿液，收容所的立托瓦克軍醫也只會說：「山本是中耳炎。」完全沒有給他像樣的治療。

「山本北溟子的病，感覺不是普通的中耳炎耶。」

「給收容所的蒙古大夫看可能很危險。」

探望山本的夥伴之間竊竊私語道。

幾十名擔憂山本身體的同志聯名向收容所長提出請願書，希望能讓山本到哈巴羅夫斯克市內擁有完善設備的中央醫院接受檢查，但所長卻以不符規定冷淡回絕了請願。

不過，即便在病情嚴重時，山本還是會一週舉辦一次阿穆爾俳句會。俳句會成員中，長谷川芋逸和黑田青麥等第一批歸國者已經離開收容所，市瀨里羊和須貝良民已死，兩年前深秋倒下的下村虻郎身體狀況有時雖然好轉，但已是臥床不起的狀態。起初與下村同病房的山本，最後也被轉移至單人病房。

「虻郎君請人代筆寫信回家，上次他怎麼都想不起太太的名字，讓大家一陣人仰馬翻。」

俳句會的成員來到山本病房告訴他下村的近況。下村的病情日益惡化，已經無法開口說話，只能用些微的表情或手勢表達意思。病房裡的人將女生的名字一一寫在紙上給他看，下村卻一個勁地搖頭。

後來，在病房工作的間野卓爾無意間寫了「稻、麥、米」幾個食物的漢字，下村的眼睛突然發亮，指著「米」頻頻點頭。

「是『米』喔。可是，是叫米子還是米代呢？」

據說，確定名字中有米後，眾人在明信片的收件人處寫了「下村米」拿給下村看，下村的一雙大眼立刻泛出淚光，欣喜不已。

「我們後來才知道，虻郎君的太太就叫做『米』。」

聽完這番話後，山本回道：「虻郎君頭腦那麼清晰的人……」話到一半便沒再說下去。或許是想到自己的病情可能也會像下村那樣惡化吧，山本陷入一陣沉默。

從那天起不久，山本便像是著了魔似的，開始在蘇聯製的薄薄新聞紙筆記本上書寫。筆記本是阿穆爾俳句會成員從收容所賣店買給山本的禮物。由於這裡是病房，不會有突襲檢查，山本便將筆記本藏在床單下，狀況好時就拿出來書寫。

某天，野本工作結束後來病房探望，原本趴在床上寫字的山本抬起頭道：「我怕他們發現會囉嗦……」山本輕笑，闔上筆記本，「這個啊，是我的遺書。」

山本用下巴指了指枕邊的那本筆記本。筆記本的封面上寫著「平民手簡」。

「我啊，來到西伯利亞後發現自己終於明白人活著究竟是怎麼一回事。我既不是共產主義者，也不是右翼。野本，即使我們過著這樣的日子，時代依舊每天往前推移。如果硬要為我現在的思想命名的話，或許比較適合稱作『第三思想』吧。第三思想，既非左派也非右派，不是極權主義也不是個人主義，不是東方也不是西方。這種想法應該很快就會來臨，也應該被創造出來。目前除了第三思想外，我想不到其他適合的名字。」

山本的臉激動泛紅，口氣也帶著熱情。野本覺得，山本在放映會和草野球時表現出的瀟灑與隨遇而安已經消失，取而代之的是追根究柢與緊張迫切的氣息。

也是在同樣的時間，山本開始聚集志同道合者，進行「日本文化研究會」這樣的小型集會。野本擔任中間人，加入了四、五名夥伴。大家配合山本的病情，有時圍在病床旁，偶爾山本狀況好時則聚集在餐廳角落。

「你這樣勉強自己，身體沒問題嗎？」

儘管野本擔心不已，山本卻不予理會。「日本文化研究會」剛開始時，山本向大家說明了集會宗旨。或許是右耳不斷流膿，幾乎喪失聽力的緣故，有時有人發問山本也聽不到。野本知道，疼痛會間歇式地攻擊山本，有時，山本是一直在忍耐等待疼痛過去。

然而，一旦開始說話，山本的表情便會散發活力的光彩，完全看不出是個病人。

「日本出現《枕草子》、《源氏物語》、《徒然草》的時候，英國還處於維京時代。日本擁有古老美麗的文化，只因為戰敗所以被視為世界上的劣等國家。不管是雕刻，還是建築、繪畫，不只是古代文化，我們必須重新審視祖先的偉業……」

野本認為，山本一心在為日本與日本文化的未來著想。

儘管山本說話斷斷續續，聲音嘶啞，但聽者都可以感受到他內心的憂思與某種深切的期許。每當山本講得忘我時，話語便會跟著激動起來，臉上時常閃過難以壓抑的焦慮。野本將山本說的每一句話都刻進心裡，不敢忘記。

山本說完話後，大概是疲勞一口氣湧上來的緣故，胸口劇烈起伏，用力喘息。不過，像是一點也不想讓人看到自己這個樣子，山本向集會的夥伴們微笑道：「從我病房窗外可以看到一棵枯樹，我看著那棵大樹寫了一首詩。」

語畢，山本以低沉平靜的嗓音，朗讀了〈枯樹〉這首詩。

在遙遠的阿穆爾混沌之地
天空烏雲密布，險惡叵測。
朔風橫掃枯野，
萬鳥歸巢，天地寂然無聲。

英挺孤獨的枯樹，
瘦弱的身軀充滿雄心壯志，堅忍不拔
奮勇的樹梢伸出無數隻手
撫摸無盡遙遠的虛空。

夕陽穿破雲層，染紅天空
黃昏籠罩曠野，
北風也發出寂寥嚇人的咆哮。
英挺的枯樹，屹立在沉默中。
天空盡頭，暗紅化為綠色

此刻，日輪沒入群山之巔
韃靼荒野，萬物沉入黑暗
啊啊，零丁枯樹，撫摸無垠的天空
眾人屏息聆聽。

空氣中悄然無聲，靜得嚇人，眼前的山本彷彿變成了那棵枯樹。那晚，野本回到蠶架後一遍又一遍吟誦〈枯樹〉，山本的壯烈與悲戚，深深感動了他。

2

一九五三年初冬至隔年，山本寄給日本家人的明信片如下：

〈大家後來過得怎麼樣呢？都還好嗎？首先，我很好，身體日益康健，請放心。我能在母親膝下承歡的日子應該不遠了，保志美勇敢不懈的努力也一定能得到回報。無論如何，我們彼此都要以健康為先。孩子們，重要的成長期間父親不在身旁該有多寂寞啊。我知道你們的辛苦難以想像。但是，請堅強活下去。孩子們，忘掉一切悲傷，好好唸書。我相信，幸福的那一天一定會來臨。〉

〈之前聽妳說決定轉調大宮市，但由於沒有後續來信不知妳成功轉調與否，所以決定將這張明信片寄到松江市。我想，最近應該就能收到妳那邊的來信了。我正一點一滴恢復健康，請放心。終於也到冬天了，我可以想像顯一拚命唸書的樣子。不管怎麼說，大學考試競爭激烈，希望他能在語學上更加用心，抱著必勝的信念準備考試。現在是關鍵時刻，大家要更注意健康，好好過日子。期待幸福來臨的日子，我也會努力養病。保持樂觀和希望，再見。〉

山本的明信片遵守蘇聯方面的通告，全部以片假名書寫。一九五三年後，拘留者寄出的明信片出現越來越多平假名，山本則是貫徹片假名書寫，直到最後一張明信片。

此外，山本文字中的感情也很壓抑，只是反覆表示自己身體正逐漸康復以免家人擔心，告訴家人以健康為第一要務，以及「幸福的日子」即將到來。

一九五三年底，山本收到保志美的來信，得知她得償所願，成功搬到大宮的消息。由於那張明信片是十月五日寄出，因此可以推估，當時的明信片已經能在兩個月左右內抵達了。

一九五四年新年的信中，山本甚至還寫了長男顯一參加東京大學入學考試時應該注意的事項。

〈新年快樂。大家應該都很有精神地迎接新年吧。在充滿希望的一年之初，願大家幸福、健康，無病無災。尤其是保佑顯一能夠考上東京大學。有幾點要注意，考試時字跡要盡量清楚、工整，不要忘記填寫准考證號碼。保持冷靜，發揮百分之百的實力。之前說松江高中也對顯一寄予厚望，務必要考上。我相信顯一一定沒問題。厚生則是還有很多時間，之後再決定要唸什麼科吧。總而言之，能夠順利轉調大宮是最值得高興的事。大家真是辛苦了，辛苦了，我也會拚命努力恢復健康。代我向堀場問好。再見。〉

從這封信的內容無法看出山本病情的迫切。保志美和四個孩子看著那封來自哈巴羅夫斯克的信，也都對山本身體日益康復的事沒有絲毫懷疑。

當時在日本的山本家，是由保志美於大宮聾人學校的薪水兩萬四千圓、政府發放的未復員軍人津貼三千四百圓，共兩萬七千四百圓，以及長男的獎學金七百圓湊合著家用。

由於長男即將從松江高中畢業，保志美便只先帶著次男與三男兩個兒子搬到埼玉縣大宮市，將婆婆麻鄉、長男和小女兒遙香留在松江。由於母子四人於松江和大宮兩地間分開生活，保志美必須寄送生活費，背負著沉重的經濟負擔。而山本信上提到的朋友堀場安五郎也住在埼玉縣，無論是保志美的轉調還是他們在大宮的生活，事事盡心盡力。

保志美在大宮的租屋有兩間房間，分別為三坪和一點五坪，權利金兩萬五千圓，每月房租三千圓。權利金和前往東京的費用，是保志美向住在仙台的小姑新津千乃和堂兄借錢籌措而來。

「你要是知道我借了多少錢會昏過去。希望你趕快回來，我們兩人一起工作，早早還清這筆錢。」山本在病床上看著保志美的來信。

「教育會成為孩子一生的財富」——山本思及堅守自己期望的妻子，對同鄉的坂本省吾說：「阿省，母親真是強韌的生物。古人說孟母三遷，她則是為了孩子的教育一路從隱岐到松江，最後甚至去了大宮呢。」

對單身的坂本而言，即便跟他說孟母三遷也沒有什麼真實感，但他仍是靜靜聽著山本感慨。

「我們在大連時，有一次二兒子跑到馬車的馬腹底下，我雖然想拉他出來卻害怕得伸不了手。我太太原本在餵更小的孩子喝奶，她一看到這情形便奔了過來，猛地將懷中的孩子交給我，衝向馬下把兒子帶出來。婦人弱也，為母則強。當父親的真是一點用處都沒有呢。」

「山本，就算是為了夫人和孩子，你也要好好養病，快點好起來才行。話說回來，北溟子這名字不好啦。三點水改成目部的話，不就變成瞑目的瞑了嗎？在北邊瞑目什麼的太不吉利了。你要不要取一個更正面的號？首先，北這個字就不好了。」

坂本和山本雖然同鄉，出生島根，但兒時便被送出去當養子，與養父母一起來到滿洲，直到高中為止都在滿洲長大，有著直爽的大陸性格。坂本對山本也是有話直說，山本也親暱地喊坂本為「阿省」。

不久後，山本便將雅號從北溟子改為「圖南子」。雖說應該是坂本的建議打動了山本，但「圖南子」確實也充滿山本的風格。「南」代表的當然是日本，「圖南子」這個雅號蘊含了山本祈求回歸日本的強烈心意。

在能向日本寄明信片後，坂本覺得養父母應該已在滿洲引揚時過世，而沒寫家書，將收到的往返明信片都送給了想要的人。

坂本喜愛喝酒，會籠絡作業隊的蘇聯卡車司機幫自己買伏特加。一次，坂本喝完伏特加爛醉如泥，被丟進了懲戒室。隔天早上，政治部軍官傳喚坂本到房間訊問。

「坂本，住懲戒室的感覺怎麼樣啊？」

政治部軍官的語氣溫和，令人毛骨悚然。

二十一分所的懲戒室蓋在衛兵室旁，牆壁由一根根木頭疊砌而成，十分堅固。懲戒室約一坪大，沒有窗戶，從門口或牆壁縫隙透進來的光是唯一的光源。昨晚，由於伏特加的酒意還殘留在體內，坂本並沒有覺得那麼冷，但到了今天晚上，身體應該會全面遭到寒意侵襲。

「坂本，你想回日本嗎？」政治部軍官放柔了表情問道。

坂本防備地看向政治部軍官，思考這個問題背後是否有深意。

「只要是日本人，大家都想回祖國。」坂本回答。

「你們的祖國是蘇聯。算了，這次就不跟你計較。聽我說，你願不願意將力量借給我們蘇聯呢？」

軍官表示，由於收容所內還有很多日本人的言行舉止有反蘇意圖，希望坂本將那些人的名字、經歷和行動一一告訴蘇方。

「你是要我當間諜嗎？」

「一切都是為了祖國蘇聯的發展與世界和平。聽好了，你考慮清楚，送還俘虜這件事已經在一九五三年中斷，錯過這次機會，你就永遠不能дамой（歸國）了喔。」

「我不可能出賣自己的同胞。」坂本想也不想地回答。

軍官立刻翻臉，坂本擠出全身的力氣才敢直視對方，儘管沒有過人的勇氣，但他以肢體代替語言，搖頭表示拒絕。政治部軍官握拳用力擊向桌子吼道：「把他關進懲戒室！」

遭人拖出去的坂本這次大喊著要紙筆。政治部軍官有一瞬間訝異，看向坂本問：「你要幹麼？」

「我要向莫斯科請願，告訴他們我沒喝酒卻被送進懲戒室，使用這種粗暴手段的人應該是貝利亞的同黨。」

當時，史達林已死，當局正接著肅清他的左右手貝利亞。政治部軍官的眼神夾帶怒意，最後卻只是再度人聲交代了監視兵一次：「把他關進懲戒室！」

坂本心想，自己可能得做好在懲戒室裡關個二十天或一個月的覺悟。他餓得頭暈眼花，入夜後，懲戒室寒意逼人。然而，有人卻悄悄敲了大門，將食物放在門口。似乎是某個同伴為他送東西過來，坂本不由得眼眶發熱。

隔天早上，一樣有人背著監視兵放了黑麵包過來。到了第三天，坂本意外地從懲戒室裡被放了出來。據說，是團長向蘇方交涉，表示沒有坂本，不能計算勞動基本定額，但直覺告訴他，應該是「貝利亞的同黨」這句話起了很大的作用。

坂本跟同為團本部員的玉本一郎提起這件事，玉本告訴他：「他們發現我喝醉酒把我關進懲戒室時也說了同樣的話。聽說，很多人在收信和包裹時也會被這樣問。」

坂本將自己因為喝伏特加遭關進懲戒室的事告訴山本。

「酒嗎?我以前也常因為喝酒給太太添麻煩呢……」

山本談起自己在大連滿鐵時期經常醉得一塌胡塗才回家的故事。

大連有家叫井菱的酒館，牆上貼著「火車找滿鐵，喝酒來井菱」的廣告，滿鐵員工時常光顧。山本的同事堀場安五郎很擔心，經常提醒保志美：「大嫂，不能讓山本喝太多酒啊。那傢伙有個壞習慣，在聚會差不多要回家了，結完帳後會看看自己的錢包，邀大家再去下一間，豪氣地請客，直到口袋裡的錢一毛都不剩。」

堀場知道山本的家計並不寬裕，光靠薪水難以支撐，上司佐藤健雄還轉了一些寫稿的兼差給他。儘管如此，只要拿到一點錢，山本便會請同事和下屬吃東西。大概是從坂本的伏特加事件想起了自己在大連的時候，有好一會兒，山本臉上盡是懷念之情。

之後，山本一臉認真道：「對了，有件事我一直想跟你說，令尊令堂可能也平安無事從滿洲回到日本了。你還是寄一次信回老家比較好。即使是像我這樣的人，收到老媽的信也會感動不已喔。因為啊，母親對兒子的愛，有時純粹得令人受不了呢。」

語畢，山本將自己母親寄來的明信片給坂本看。

那張明信片上，密密麻麻填滿了小小的片假名。

〈……從收到包裹抵達的那封信開始，我就一直擔心你是不是病了，結果你好像真的生病了，又讓我再次擔憂。不知你患了什麼病，晚上也睡不好。我每天都會聽廣播、看報紙，不放過任何消息。你歸來時，媽媽一定會去舞鶴接你。佛祖保佑，一定要讓你能夠回來。我今年也六十五歲了，就算活到七十也只剩下五年了，快點回來吧。明年[26]是爸爸的二十五週年、紀早子[27]的十三年忌，期待我們能夠一家團聚祭拜。無論如何，早日康復。〉

大概是不斷反覆閱讀的關係吧，明信片都磨花了。信中的內容令坂本也大為感動。山本母親寄出的地址是島根縣松江市中茶町。

坂本的養母若是平安從滿洲引揚的話，應該也會在老家島根。坂本終於有了寄出往返明信片的想法，寫了第一封家書。

如同預料回到島根的養母寄來了回信，為坂本平安無事感到喜悅。坂本從那封信中得知養父已於滿洲引揚時過世。既然養母活著，那我也想回日本——坂本心中第一次興起這樣的念頭。

26 作者註：昭和二十九年。
27 作者註：山本過世的妹妹。

3

眾人向蘇聯當局提出的請願書好不容易有了成果。二月下旬，當群山的枯色開始出現零星綠意時，收容所終於准許山本轉入中央醫院。

然而，山本才剛住院，隔天便被醫院退回收容所。

「怎麼會這樣！竟然說現在住院也來不及了，不能留在醫院裡……」

比起悲傷，坂本和野本等人更是憤怒得說不出話。醫院宣告，山本的病名是「喉惡性腫瘤」。

「原來是癌症……」

眾人面面相覷，話聲漸弱，山本的癥狀已經是癌症末期。

這個時節的夜晚仍然帶著冬天的寒意，泥水技術大幅進步的野本，收到了約莫三十盧布的工資。這是野本第一次在收容所收到這麼大一筆錢。

「我拿到錢了，你有什麼想要的東西就告訴我吧。」

山本沉思了一會兒。

「那麼，可以給我一點高級香菸嗎？」

野本到賣店買了最高級的「Moscow」香菸回來。

山本將香菸湊到鼻子前，閉著眼睛道：「啊啊……好棒的香氣。」

野本也明白，山本的身體已經無法負荷香菸了。他明明是那麼喜歡菸的人……野本胸口一窒。夏天，當廣場擺出長凳，兩人傍晚在外頭乘涼時，山本明明是那麼珍惜收容所配給的每一根「Makhorka」，慎而重之地抽著，如今卻……

「其實，你來之前我在寫詩。你願意看看嗎？」

山本的眼睛因發燒泛著水氣。

野本很高興看到山本至今依然持續創作，沒有放棄的模樣。他想起那一日，自己第一次在《文藝》上讀到〈西伯利亞的藍天〉，心中一陣激盪。因為山本，野本才能在西伯利亞也找到藍天。

「我腦袋裡出現『兀隆兀隆』這個詞，所以就想著要好好運用一下……兀隆兀隆，你不覺得這個詞很不錯嗎？」

山本露出清澈平靜的微笑，將寫著詩句的筆記本遞給野本，詩的名字是〈海鳴〉。

側耳傾聽，遠方傳來海鳴聲響，
是兀隆兀隆咆哮的風聲
也是海浪聲。
自嬰孩時即因那道聲音睜開雙眼，
懂事後也依然心懷畏懼的
海鳴聲！
那是呼喚黑暗的聲音！
在日本海千里之外
西伯利亞曠野的中心，
深夜——
我聽著遙遠彼方的海鳴。
比拍打窗戶的秋風寂寥，
卻又如此令人懷念！

海鳴夜，圍爐樂，
自在鉤上的鍋子裡

烏賊與白蘿蔔咕嚕咕嚕翻騰，
火光映紅了玻璃瓶內的二合酒
家族團聚，笑中帶淚，淚中含笑
小孩子拿燒餅，
大人飲酒抽菸，悠哉游哉
話題戛然而止的寂寥中，
海鳴兀隆兀隆，鳴動紙窗。

海鳴聲，宛如盡情吸吮母親的乳房
海鳴聲，猶若奮力握緊朋友的雙手
海鳴聲，彷彿將戀人深深擁入懷中
海鳴聲，好似吐盡滿腔憤慨

嗚呼，我獨自在寒夜病床上醒來，
聽著兀隆兀隆的海鳴，
咀嚼遙遠的回憶……

作者署名不是「圖南子」而是「小島大乘」。小島，大概是山本對故鄉隱岐小島的念想，大乘則是出自他經常提起的大乘佛教吧。

山本的枕邊貼著從日本寄來的全家福照。照片後方，三個穿著制服的兒子按身高依序排列，前方是山本的妻子與母親，兩人中間站了個留著西瓜皮的小女孩。女孩握著母親與祖母的手，玲瓏小嘴微張。這一家人，全心全意等待山本回國。

讀完〈海鳴〉後，野本的耳畔也傳來了微微的兀隆兀隆聲，不知是山本故鄉隱岐的海鳴，抑或西伯利亞寒夜的風聲。

山本疲憊地睡著了。眼角邊積著分不清是眼屎還是眼淚的東西。

在鉛色天空不斷降下灰雪的寒冷日子裡，山本從母親麻鄉寄來的家書中，得知了弟弟的死訊。

〈雖然我不想讓你悲觀，但還是得跟你說件傷心的事……勉等不到你回來了。去年十一月二十一日，他在盲腸手術後的第八天離開了這個世界，走的時候才四十三歲。請體諒我這個母親的心情。勉是個可憐的孩子，沒有得到家庭的關愛。他總是擔心你，等著你回家卻比你先離開，聽到這個消息你不知道會有多悲傷。一切都是命吧。

山本的弟弟勉從小便送至九州的叔父家當養子。看著六十五歲的年邁母親來信中寫到「可憐的孩子」、「一切都是命吧」，山本又是什麼樣的心情呢？他只能寫下短歌悼念亡弟，緩解心中的悲傷。

這世上獨一無二的弟弟，臨終時沒能見你一面，我在天涯，心痛斷腸。
雙手抓著稀疏的頭髮，今日，七尺蚪髯漢也，淚流千行。
來日，待我前往遙遠的筑紫國度，兄弟墳前，再飲一觴。

即使在深夜，山本依然保持清醒，在蘇聯製的薄薄筆記本上不斷書寫。

春寒料峭的二月天，向晚病床前，
枕畔忽現一道人影，如夢似幻。
那人一臉長鬚半白，眉眼含笑。啊啊，正是孔子。

我懷念傾慕，欲大喊出聲，其人卻在不知不覺間換了樣貌。

我——對著S畫伯前輩溫和的面容說了兩、三句話，

S畫伯遞給我一張紙，留下一句「看看」後便飄然離去。

慈祥的背影確實為孔子。

那張遺留下來的紙上，寫著名為「友情」的詩篇。

那究竟是S畫伯所作，抑或孔子筆跡呢？

我唯有恭敬拜領，反覆吟誦。

「S畫伯」指的是山本在滿鐵調查部時的上司，佐藤健雄。佐藤在收容所裡也經常畫畫，有畫伯的美譽。山本在病床上寫給佐藤的這篇文章如下：

〈此一詩篇，許是孔子憐我於病榻上仍時時夢見四大聖哲所賜。與四大聖哲神交時，我經常感嘆，聖人之偉大，莫過於其情感之豐富多彩。

君不見，出家成佛的佛陀悉達多太子，是世上最慈悲為懷者；以野地裡的一朵白百合揶揄所羅門榮華富貴的耶穌，是多麼優雅溫柔的詩人。

蘇格拉底論理，探究一代哲學時亦不離其心。

至於吾師孔子，其情感猶如百花盛開，絢爛繽紛，偉大的人格更非枯竭的道話[28]學者所能掌握。

你看孔子的友情——

子曰，君子之交淡如水，是何等清澈明朗的感性。

子曰，君子之交馨如蘭，是何等豐富的詩情。

還有那句「有朋自遠方來，不亦樂乎」。

孔子滿面笑容迎接稀客的樣貌彷彿躍然眼前，令人仰之慕之，神往不已。

啊啊，若得友如此，我必報以雖千萬人吾往矣之豪情。

君不見，孔子離世兩千五百年，自孔明感念三顧之恩獻〈出師表〉為始，多少人以孔子所謂的「知己之恩」為動力，成就了歷史上的豐功偉業。

人生感意氣，功名誰復論。

孔子教誨的知己之恩，鼓舞了為病苦呻吟的我。

吾亦孔子後輩，指天為誓，當結草銜環，以報知己大恩。〉

28 日本江戶時代心學學者的訓勉，舉身邊事物為例，以淺顯易懂的方式向一般民眾講述道德倫理。

只要病情稍一穩定，山本就會像著了魔般地振筆疾書。這篇文章雖是寫給佐藤健雄，但所謂孔子教導的知己之恩，也是山本在向收容所裡眾多支持自己的夥伴表達感謝。

山本曾對野本說：「野本，佛陀啊，是世上最慈悲為懷的人，耶穌則是詩人。我呢，雖是一無可取的凡人，但期許自己無論何時都能保有慈悲心。我一直覺得，到頭來，唯有情感是我們人類最初也是最後的審判者。」

山本經常把「我想要時間，時間太少了」這句話反覆掛在嘴邊，幾乎成了口頭禪。每當野本聽到這句話，就會想起山本說是自己遺書的那本《平民手簡》——既非左派也非右派，不是極權主義也不是個人主義，不是東方也不是西方，很快就會來臨的「第三思想」。

山本恐怕將自己全部的人生都賭在上面了吧。跟過去不同，山本不讓野本看自己尚未完成的筆記，從這點也能感受到他非比尋常的決心。

然而，山本的身體卻愈發孱弱，皮膚像老人一樣失去光澤，變得更加瘦小。午後發燒成為常態，因喉嚨疼痛呻吟的次數也越來越頻繁。但待疼痛平息下來的瞬間，他又會拿起手中的鉛筆繼續寫作。

竹田軍四郎，當這名山本為其雅號取名為「秋徑」的阿穆爾俳句會成員前去探病時，山本默默遞給了他一張包藥紙，上頭以鉛筆寫了首〈病床有感〉：

今天還是得吃飯，食無味，醫生說塞也要塞進去

創作的日期是三月八日。竹田珍惜地將包藥紙放進褲子口袋。

山本在交給竹田的別張筆記紙上寫過：「年過四十前一直保有青年心境的我也面臨了死亡的課題，令人悲觀不已。『龐大的力量拉著我，腳下步履，蹣跚難支』，在理解九条武子當年寫下此歌心境的同時，又像是漱石四十二歲時說的：『小生此前不信神佛，處世為人唯信自己耳。然近來深覺所謂自己，實不可靠。既如此，應信者何？』後世學家說：『這才是東洋哲學之道的覺知者。』」

此外，山本還草草寫了一則備忘如下：「正確的事物最終必將獲勝——唯有這項信念不能退讓。」

竹田將這一張張可謂山本備忘錄的筆記，當作山本對自己的教誨，珍藏起來。他將這些筆記收進褲子的接縫以免回國前遭到沒收。尤其是最後一張

筆記，竹田將其視為自己的人生指南，銘記在心。

這些擁有共同信念的人，開始每天一人前往山本的病房隨身看護。只要當天勞役結束回營，便立刻挺著疲憊的身軀趕向山本身邊。

山本耳朵流膿的情況愈發嚴重，喉嚨的劇痛沒有間斷過，就連唾液也漸漸稀少，腫脹的脖子硬得跟腫瘤一樣。

「北溟子說，如果他有力氣的話，想殺了立托瓦克醫生再死。他竟然會說出那種話……」山岸研向野本道。

那個機智風趣，不曾說過一句喪氣話的山本，竟然大喊想殺了立托瓦克軍醫再死，令野本大受衝擊。

「一起幫助北溟子吧！」

收容所裡前仆後繼，湧現大量這樣的聲音。發起人是山本滿鐵時代的同事、哈爾濱特務機關的夥伴、阿穆爾俳句會成員以及島根縣同鄉會的眾人。由山岸研寫下「北溟子後援會」的宗旨說明書。

一九五二年，當收容所開放與日本通信後，山岸收到母親從新潟寄出的回信，得知妻子已於引揚途中在哈爾濱亡故的消息。當時，山岸大受打擊，萬念俱灰，是山本鼓勵了他。

「今晚，我們就為你的妻子和孩子守夜吧。」

山岸想起那晚，山本那麼說後，為他點了根「Makhorka」代替線香。

山岸的宗旨說明書引發了共鳴，一些人從自己微薄的工資中撥款贊助。其中，包含了一九五三年六月自第六分所轉來的廣江嘉治（現姓吉賀）、勝部正壽、藤原貞夫、山村昌雄這些幾乎不曾和山本說過話的島根縣人，以及曾經在紅監獄與山本同病房的橋口松男。後援會立刻聚集了七十多人，是收容所有史以來第一次有個人的「後援會」成立。

在那之後，也還有絡繹不絕的人表示收到了當月工資想捐款給山本。

後援會是在大家抱持「想讓北溟子活著回日本」的心意下成立，雖然山本已將雅號改為「圖南子」，但同伴還是以多年下來熟悉的「北溟子」稱呼他。後援會打算利用捐款購買糧食，希望至少為山本補充一點營養。負責這項任務的是必須計算各工地作業基本定額的坂本，與眾人相比，他較能自由出營。

微微支撐山本生命的食物，是雞蛋與牛奶。由於雞蛋不是囚犯的配給品，只能趁作業隊有人到圍欄外時，冒著檢查的風險購入。一旦被發現，不只雞蛋會被沒收，不分日本人、蘇聯人，一律都會受罰。

牛奶雖在配給品項內，但收容所的賣店常常沒進貨。坂本試圖說服所方，想以合法手段取得牛奶，卻只得到冷淡的回應「нет（沒有）就是нет（沒有）」。

「蘇聯這麼大竟然沒有牛奶，這像話嗎？」

坂本不甘心道。坂本外出時，會將松子、大蒜、雞蛋等食物藏在衣服口袋中帶回來，還曾因為小心過頭把蛋弄破過。

有些人會將日本寄來的慰問品中珍貴的奶粉拿過來。拘留者每個月能收一次日本寄來的包裹。山本為了不讓保志美費心，特別在明信片上交代她別寄，因此沒有包裹。

同伴們則將家鄉送給自己的食物帶來，希望山本盡可能吃一些。阿穆爾俳句會的銀江佐藤德三郎用送來的白米煮粥，還收集麵粉做了容易入喉的烏龍麵給山本。新森貞買了賣店裡只有一種選擇的蘇聯水果罐頭前來探病。

「阿新，好好吃喔。」山本以自製的白樺木湯匙吃了口罐頭水果後打趣道：「跟你說，松江是個好地方。酒也好喝，人情也溫暖。不認識松江的傢伙不算是日本人。」

「山本，等回日本以後，我們一起去松江吧。你一定要帶我去喝好酒喔。」

山本點了點頭，接著低聲道：「朋友使人長命呀……」

不知是不是脖子上的腫瘤壓迫了聲帶，山本聲音嘶啞，每次說話就像秋日裡的狂風，發出咻咻咻的聲響。

森田市雄也經常來探病。有時帶食物，有時是集結阿穆爾俳句會成員的句稿送來。山本只要一收到句稿，就會瞇起眼睛，即刻著手評選。一天後，山本便會完成評選，為每首俳句寫好短評。

一九五四（昭和二十九）年三月底，阿穆爾俳句會在山本命名後召開了第二百次句會。是夜，成員們帶著賣店買來的茶點，在餐廳一隅慶祝兩百回的俳句會。山本終究無法出席。

俳句會結束後，森田前往病房報告順便探望山本。

「栗仙君，等回到日本，我們做一本西伯利亞俳句集吧。幫我跟成員們說，因為沒辦法把作品寫在紙上留下來，請大家先記好自己的句子。」語畢，山本又打開筆記本對森田說：「你們開俳句會的時候，我在床上寫了這首短歌。」

阿穆爾俳句會，灌溉了韃靼荒野，綻放言語之花

編一本西伯利亞句集，空前絕後，春日時，大和國

五月後，山本已幾乎發不出聲音，只能以筆談對話。

山本臥病在床已近一年，夏天即將到來，山本喜愛的西伯利亞藍天也會隨之登場。

晴朗的日子裡，可遙遙望見阿穆爾河與烏蘇里江外那唯一的撫遠山，勾起人昔日的滿洲回憶。夏日傍晚，沉落在山嶺間的夕陽餘暉美麗而迷人。然而，無論是阿穆爾河、烏蘇里江還是滿洲的山嶺，山本都已無法眺望。

這一年的五月十四日，山本寫下最後一封送回故國日本的家書。

〈雖不知你們那裡的後續消息，但我想大家都平安無事。我很掛念顯一是否有順利考上東京大學。無論如何，大家都別生病，不要受傷，尤其是東京附近交通繁雜，多有事故，務必小心。另外，期盼大家的生活都能踏實穩健。我從母親一月的來信得知勉的死訊，你們可以想像我有多悲傷。我很高興保志美年初的來信十分開朗樂觀，但不管怎麼說，勉實在太可憐了。大家要相親相愛，幸福的生活。務必保重身體。〉

4

任誰都看得出來，山本顯然再也沒有康復的可能。他的脖子腫得跟氣球一樣，比瘦削的臉龐還大，傷口破裂，飄出陣陣惡臭。

「我們是不是該請北溟子寫遺書了？」

團本部的第一任團長瀨島龍三向佐藤健雄提議。瀨島探病時，從山本的樣子感受出他已時日無多，瀨島心想，山本一定有很多話想寫下來。

佐藤雖點頭表示贊成，卻難以向山本說出口。要山本寫遺書，等於宣布山本死亡。然而，佐藤也迫切感受到，死亡正一天一天逼近山本。

一九五四（昭和二十九）年七月一日，佐藤告訴自己不能再拖下去，拜訪了山本的病房。

山本一看到佐藤，便拿起鉛筆在枕邊的筆記本上寫道：「我喉嚨痛沒辦法說話，由你說話吧。」

佐藤光是看著山本握著鉛筆的手是如此枯瘦，便什麼話都說不出來了。好不容易，佐藤終於下定決心提起遺書的事。

「山本，就像你常說的，дамой（歸國）的日子一定會來臨。只要回到日本，就不用再理會什麼立托瓦克，可以另外請厲害的醫生為你看病了吧。但是，我們不知道дамой（歸國）是什麼時候……雖然實在難以啟齒，但是考量到萬一、萬一……如果你有什麼話想留給太太和孩子的話，希望你先寫下來……和你說這些，我真的也很難受……」

山本輕輕點頭，閉上眼睛。對佐藤而言，等待的這段時間漫長得令人窒息。

過了一會兒，山本睜開眼睛，拿鉛筆在一旁的筆記本上寫道：「明天。」

佐藤無語地握緊山本瘦削的手，離開了病房。

隔天，七月二日傍晚，佐藤結束營內工作前往病房後，只見山本微微點頭，將蘇聯製的粗糙薄筆記本打開遞給他。

佐藤看著山本的眼睛，收下筆記本。

「我可以在這邊看嗎？」

山本頷首，接著緩緩轉頭盯著天花板。

平常，山本很珍惜用紙，筆記本每一頁總是填滿了密密麻麻的小字，但這次打開的頁面卻寫著大大的文字。山本雖沒說出口，但視力似乎也越來越差，他的側臉散發出一股使盡最後一道力氣的清澈與平靜。

山本的遺書共四封，橫跨了十五頁的筆記。一封是〈本文〉，其餘三封分別是〈母親大人膝下！〉、〈吾妻如晤！〉、〈給孩子們〉。

「山本幡男的遺屬啊！」

遺書〈本文〉從這聲呼喚開始。

〈到頭來，我必須在哈巴羅夫斯克的醫院一隅寫下遺書。握著鉛筆也是淚流滿面，要我如何好好寫下這封遺書呢！

纏綿病榻已一年三月，身體衰弱不堪，運筆不能隨心所欲，最遺憾的是，無法以文字表達我心中所思的萬分之一。

對你們，我有的是無盡的愛意與無法衡量的心疼，但究竟該如何用這枝筆來訴說呢？或許，只能以無言的淚水、擁抱，緊握的手才能表現一二吧。但此地距日本數千里，又如何能實現？

我唯一所願，便是希望大家切勿因我的死而悲觀、沮喪。

請振奮精神，不要生病，不要受傷。

請小心注意身體，健健康康，長命百歲。

健康第一。這是我切身的體悟，切不可勉強自己。只要稍覺異常，便要看顧身體，預防疾病。

十年的歲月我一路咬牙忍耐，心心念念即是回國後能讓大家過上一點幸福的日子，只可惜已無法實現，遺憾不已。如今也只能在前往極樂世界的路上為各位的健康幸福祈禱。我唯一的心願，便是期盼孩子們能長成出色的大人，造福社會，為文化進步貢獻，一家人的生活能夠一點一滴越來越幸福。大家一定要幸福——這才是我最最重要的遺言。〉

在開頭寫著「本文」的文章後，山本向年邁的母親麻鄉寫下了〈母親大人膝下！〉這封遺書，描述了自己身為人子先行離世的不孝與無法達成母親期待的遺憾。佐藤看著遺書，竭力忍耐，不讓山本見到自己泛出的淚水。

〈母親大人膝下！

我實在是個不孝的兒子。從小讓媽媽（還是讓我喊您媽媽吧）勞心勞力卻沒有達成您任何期待，因家中生活勉強餬口總是讓您煩憂，不孝的我是多麼罪孽深重。媽，請盡情罵我、斥責我吧。

這次得了重病，我甚至覺得是自己不孝的懲罰與報應，怪不得他人，每個人都只是在償還自己的罪過而已。因此，請不要為我死於此處一事過於悲傷。我衷心盼望並期待著，即使只有一丁點也好，至少讓我在您晚年時於身旁盡孝……如今期盼落空，心中無限可惜與遺憾。

對於我的歸國，您是多麼殷殷期盼，日日等待。您每回來信中溫柔的心意總是深深撼動我的心底，令我悲傷得難以自持。哪怕一眼也好，我多麼希望能在死前見您一面，若能和您說上一、兩句話，我該有多麼滿足。在這漫長的十年歲月裡，您一路走來唯一的期盼便是與我重逢，請原諒孩兒不孝，讓您白髮人送黑髮人。

若是在那個世界見到父親、勉弟弟、紀早子妹妹的話，我們四人會一起聊聊您的事，靜靜等待您安詳、圓滿的成佛之日。相信您在那個世界一定能過上輕鬆自在的日子。

媽媽，就算我死了，也請千萬不要悲觀，絕不可以淚洗面，要勇敢活下去。因為，分別的這十年來，您已戰勝了所有辛苦。請您帶著那份勇氣，為了孫兒的成長再奮鬥十年，之後應該也會稍微輕鬆一點。如果您真的心疼我這個兒子的話，請為了我的孩子，也就是您孫兒的成長，加倍努力活下去。

我溫柔、不幸、可憐的母親，永別了。我是多麼想念您啊！但是，我們不能再感傷了。請堅強、堅強、再堅強，幫助保志美養育孩子（您的孫兒）長大成人。拜託您了。〉

佐藤看著這封寫給母親的遺書，想起了不久前山本給自己看了母親麻鄉寫的明信片。

〈你以前常說「媽媽緊張一點就不會生病了」對吧？我想起這句話，每天精神百倍，開心地過日子。否則，保志美無法安心工作，孫子們也太可憐了。你一點也不用擔心家裡的事，務必以健康為優先。你的健康就是我這個母親的生命。〉

佐藤看完那張明信片後，只說得出一句話：「山本，你得快點好起來……」

山本點頭，嘆了一口氣道：「所謂的母親，似乎就是兒子唯一的軟肋呢。」

在大連滿鐵工作時，佐藤曾與山本的母親見過許多次面。山本的母親會帶著中元或年節賀禮前往兒子的上司家。山本的母親是名身形嬌小的老婦人，儀容端莊、嫻淑優雅。

佐藤經常開玩笑說：「看不出來是山本的母親呢。」

山本也一臉頗開心地回答：「大家常這麼說。」

據山本說，他的母親麻鄉出身廣島縣的名門望族，在家人細心呵護與疼愛下長大。外祖父次郎吉是名漢學家，年少時曾至京都求學，恩師中沼了三不僅是維新志士也是為明治天皇侍講的漢學家。因此，山本大概是遺傳了外祖父的學者血液。次郎吉從京都回鄉後，突然將家主之位讓給弟弟，捨棄故鄉，遷至日本海上的孤島隱岐。次郎吉仰慕隱岐出身的恩師中沼了三，決定永居在隱岐的中村字伊後。

麻鄉在上學前，父親便悉心教她素讀[29]《十八史略》和《論語》。女校畢業後，麻鄉便於隱岐西鄉村的小學擔任代理老師，與島前的小學校長山本徹

29 日本明治時代以前的一種教育法，教孩子以音讀朗誦漢學典籍，並不追求理解其中含義，只是反覆誦讀，嫻熟於心。

結婚。

「小時候，老媽說我很像外公，結果我卻老是背叛她的期待。」

山本曾向佐藤坦言，自己因為三一五事件從東京外國語學校退學以及進入滿鐵調查部，可能都與母親的期盼背道而馳。在山本懇求母親如果心疼兒子的話，請她保重身體，協助媳婦養育四名孫子後，寫下身為丈夫給妻子保志美最後的話語：

〈吾妻如晤！做得好，妳真的做得很好！十年來，妳堅持不懈，努力奮鬥至今，是我作夢都想像不到的。妳的工作非常人所能勝任，說妳厥功至偉也不為過。雖然這麼說很失禮，但我先前以為妳大概無法做到這個地步，實在羞愧。妳不只養活了四名孩子和母親，還要辛苦教育大學、高中、國中、小學四個不同階段的孩子。為了重建生活與兒女的教育，妳孟母三遷，從故鄉到松江，再從松江到大宮，輾轉各地，一路開創命運！

我是多麼迫不及待回國的那一天，期望脫胎換骨，成為一名優秀的丈夫給妳幸福！哪怕一眼也好，我多想見妳一面，訴說我滿腔的感激！讚許妳那更勝萬葉集烈女的奮鬥！啊啊，然而最後迎來的，卻是必須與妳死別的日子。

不過，我相信妳的堅強與意志，不太擔心死後家裡的事。如同過去，我只有一句話——好好養育孩子。孩子就是我，他們應該會青出於藍更勝於藍吧。

雖然妳過去屢屢遭逢厄運，但相信今後將會迎接幸福的日子。請期待孩子們的發展，堅持工作下去。親朋好友絕不會棄我們一家於不顧。只要想到妳和孩子們幸福的未來，我便能安心離開人世。請勇敢活下去，排除萬難活下去，實現我的夙願。

結褵二十二載，妳的愛情、刻苦耐勞與堅強的意志、旺盛的生命力令我信任、感動又感激。得妻如此，我心無限喜悅。永別了。〉

山本和保志美結婚是在一九三三（昭和八）年一月，他與保志美二十二年的婚姻中，兩人實際一起生活的日子不到一半。山本前往滿洲是一九三五年六月的事，他獨自一人上大連赴任，一年後才接保志美到身邊。

一九四四（昭和十九）年七月，山本以二等兵的身分應召入伍，隔年六月，兩人在哈爾濱的面談是他最後一次見到妻子。在充滿對妻子信任與感謝的話語後，山本寫下了給孩子的遺書。

〈給孩子們，山本顯一、厚生、誠之、遙香，死前無法見到你們是我最傷心的事。我多麼希望不是透過照片，而是能親自看一眼你們長大後的模樣。你們比奶奶、母親更常出現在我的夢裡。不過，都是你們年幼時的樣子……啊啊，那是多麼可愛的孩提時代！

我一直盼望能早一日回國給你們幸福的日子，最後卻必須在此天人永隔，實為遺憾，由衷對你們感到抱歉。

孩子們，今後你們將面臨人生中的風浪，無論日子多麼艱辛，勿忘感謝自己生為光輝的日本民族一分子。將來，日本民族是融合東西文化的唯一媒介，也是唯一能夠運用東方優秀的道義文化——人道主義，為重建世界文化貢獻的民族。請時刻記住這份歷史使命。

此外，無論日子多麼艱辛也要參與創造人類文化，勿忘增進人類福祉等進步思維，莫迷失於偏頗激進的思想。永遠選擇認真，走在基於人道，自由、博愛、幸福、正義的道路上。

最後勝利的，是道義，是誠信，是真心。無論與朋友相交、於社會上做事，生活中各方面都不可忘記這句話。

不要讓他人照顧自己而是照顧他人。但無須貪圖沒有意義的虛榮。到頭來，人類唯一能依賴的只有自己，請抱持這樣的覺悟，成為堅強有能的人。鍛鍊自己吧！無論是精神還是身體都要鍛鍊，健康。成為堅強的人，成為一個有自覺的優秀大人。

我的四個孩子啊，

要團結齊心，要互相幫助！

尤其是顯一，四人之中屬你天資最好，又是長男，要好好教導弟妹。不可恃才傲物。在學問與真理的道路上，當自始至終保持虔誠。不用在意出人頭地，只要令自己偉大，不求博士大臣，博士大臣也必會來到你們身邊。

重要的是自我實現！然而在俗世中生活，有時也不得不在某種程度上計算利益得失，但須謹守分寸。最後勝利的必是道義。

相信你們應該會成為優秀的大人，我也將安心離開人世。請務必健康、幸福，長命百歲。

最後為我自取的法名，

久遠院智光日慈信士

一九五四年七月二日　山本幡男〉

「那麼，這本筆記暫時就先交給我好好保管了。」佐藤道。

山本點頭，或許是感到疲憊，閉上了雙眼。

山本承受的劇痛令他連翻身都辦不到，卻在一天之內寫下十五頁的遺書，那股魄力令佐藤動容。佐藤怕這份遺書會遭到沒收，考慮要謄寫一份。

一名矮小的男子蹲踞在病床旁，幫山本按摩雙腳。這個人便是新見此助。

「新見，我記得你好像跟山本一樣都是島根縣人對吧？」佐藤出聲問道。

「之前山本先生要我看看這個，我小心翼翼保存下來了。」

新見從口袋拿出一張折成四折的紙條給佐藤看。約草紙半紙[30]大小的紙條上，寫滿密密麻麻的小字。標題是「故鄉英雄」，筆名署名圖南子。

文章開頭寫到：「想笑就笑吧，想羨慕就羨慕吧。我一直認為，我們島根

30　日本紙的一種規格，大小約24×35cm。

縣自古便英雄人才輩出，不輸其他府縣。」

「山本先生在文章裡告訴我，菅原道真公、弁慶、那須與一和柿本人麿都是我們故鄉的英雄人物。」

新見忠厚老實的臉龐露出了開心的笑容。佐藤和新見營房不同，之前也沒有交談的機會，但新見打從心底為山本奉獻自我的精神令佐藤相當敬佩。

隔天，佐藤來到病房後山本遞給他一張紙，上面寫著「請幫我把法名改成久遠院法光日眼信士」。山本將「智光日慈」改成了「法光日眼」。

幾天後，山本開始暈眩、劇烈嘔吐。病魔已經侵襲到他的末梢血管和神經。

山本每天都像個孩子一樣，迫不及待新見結束工作趕來病房的時刻，一看到新見，就會讓他先看紙條。

「坂本省吾、俳句會和廣江都拿了蛋來。請幫我去賣店看看有沒有『奶』，如果發現其他看起來能下嚥的美食，你就是頭等功勞。佐藤德三郎、伊藤謙三他們有來幫我搧風納涼。」

佐藤和伊藤也都是俳句會的成員，他們頂著勞役後的疲憊身軀，為山本搧了數小時的扇子。

如果買到牛奶或好吃的東西，就可以得到山本「頭等功勞」的稱讚，新見為此奔向賣店。當新見從賣店的人龍中買完東西回來後，山本拿出一張筆記本的紙條。

「剛才笹目過來，用神道的儀式為我祈福。」

山本和新見的對話全都是筆談。

除了紙條，山本還遞給新見一張包藥紙，上頭以紅色鉛筆寫了兩行字。筆跡輕淺，難以辨認，似乎是俳句的樣子。新見將山本寫的每一張紙都慎重地收進口袋。

太陽恩賜直落，玻璃上，點滴融雪
細觀之，柳絮紛飛入藥瓶

山本視力逐漸衰退的眼睛裡，看到的究竟是雪花融化後的水滴、是柳絮，還是其他事物呢？「太陽恩賜」四字裡，大概也蘊含了山本「自己是憑藉倚靠某些事物才能活到今日」的心情吧。

兩天後，八月十五日。山本為阿穆爾俳句會做了最後一次評選。自從山本臥病在床後，都是由森田栗仙代表眾人，將俳句會的句稿帶來病房。

「要北溟子繼續選句太過分了吧？不可以再勉強他了。」

儘管也有人這麼質疑，但森田告訴他們：「山本反而不希望大家顧忌這些。」

從第六分所時期便一直和山本在一起的森田再明白不過，山本一手培育起阿穆爾俳句會，如今，是俳句會的評選在微微點亮山本日益黯淡的生命之火。

森田也告訴自己，山本不可能會死。那個人是不死之身，會和死神奮戰到最後一刻。即便是在脫逃事件後俳句會被迫解散時，山本也從不氣餒，反而比從前更加精神奕奕不是嗎？

「山本，你還記得這首俳句嗎？我最懷念那個時候了。」

森田在山本枕邊的筆記本上寫下：

冬季日光浴——在大地上揮毫，彼此點頭稱是

這是山本創作的俳句，令人想起過去山本、森田、新森三人在地獄般的

第六分所，以大地為黑板，以大地為紙張，創作俳句互相慰勉的日子。

山本彷彿撲了粉般的灰白色臉頰突然微微震動，似乎是想吟詠這首句子。他嘴唇蒼白乾裂，眼裡歡喜的光輝令森田不禁想起昔日的山本。

山本將一捆阿穆爾俳句會作品的紙堆遞給森田。那是山本趴在床上，將一句句作品湊到眼前細看後的選句。山本已經沒有寫短評的力氣，只在句子旁畫下◎或○，寫上「選」字。

森田收下寫著「選」字的句稿，內心激動得無法言語。山本一定是在不曾間斷的劇痛地獄中奮鬥，完成選句。森田看向山本，只見已出現黃疸症狀的山本雙眼混濁發黃，令人哀傷的是，山本的臉已開始散發死亡的氣息。

那一天，工作遲遲結束回到收容所的新見此助趕往病房後，山本交給他一張字跡潦草的紙條。

「即便想死也死不了，萬般皆是命。寫遺書是以防萬一，小生當然是抱著想活下去的心態在奮鬥。我們還有希望，切莫陷入悲觀絕望，一起努力吧。」

紅色鉛筆寫下的字跡凌亂潦草，新見好不容易才讀懂。山本用最後驚人的力氣寫下這段文字，留給世上。新見看著山本的臉，微微點頭，他拚命忍耐，不讓淚水奪眶而出。接著，他繞過床腳，為山本瘦得只剩下皮包骨的雙腳按摩。

接下來的十天，山本只是不時發出疼痛的呻吟，無論早晚都呈現意識模糊不清的狀態。

一九五四（昭和二十九）年八月二十五日下午一點三十分，由於收容所的日本人皆出外工作，山本在無人看顧的情況下，於哈巴羅夫斯克收容所的病房裡嚥下最後一口氣，得年四十五歲。

死亡時間是由院方傳達，山本心心念念的長男東京大學合格消息，則是在他過世後不久抵達。

西伯利亞的時序已入深秋，傍晚，坂本省吾結束工作走入營內大門時，看到新見此助獨自站在衛兵室旁，一臉失魂落魄，茫然無措的樣子。

「山本先生……山本先生死了……」

新見只說了這句話便涕淚縱橫，放聲大哭。

山本的死訊很快便在收容所裡流傳開來。

5

山本死去的那晚天氣十分惡劣，天際飄著破碎的烏雲，烏啼震天價響，雨水似乎隨時會傾瀉而下，充滿不祥之感。

為山本離開而哀傷的人們在營房內的一間房裡舉行守靈儀式。眾人以白樺樹製作牌位，點燃切碎的 Makhorka 香菸代替線香，四周瀰漫著一股霉味。

聽聞山本死訊的佐藤健雄、野本貞夫和其他與山本親近的夥伴陸陸續續聚集到守靈的位子上。所有人都默默無語，靜悄悄地坐著忍耐悲傷。

就在這時，幾名值勤的士兵在政治部軍官的指示下穿著鞋子踏了進來。士兵們連珠砲似地說了一串話後，抓起牌位命眾人解散。新見激動得漲紅了臉，嘴巴開開闔闔，卻在士兵的瞪視下沉默，憤怒和難堪的心情令他渾身發抖。

會說俄語的佐藤健雄向政治部軍官抗議，卻遭對方冷漠地宣告：「我們蘇聯沒有這種習慣，立刻解散！」

收容所解剖山本的遺體後，將其放到了營內大門左側角落的停屍間，即便是夜晚，望樓的光束也將停屍間照得亮亮堂堂。遺體的脖子腫得像一顆球，綁在右手上的木片記載了囚犯編號與姓名。

坂本蒐集舊木頭建材做了棺木，將山本放進去，幾個人一起抬著棺木走到卡車停放的位置。那棺木，輕得令人唏噓。

日本人的墓園位於第二十一分所外一公里處俄羅斯人墓園的一個角落。在一片荒煙蔓草中，枯朽白樺樹製成的墓碑不規則地散落各處。墓碑上不允許寫下姓名和死亡年月日，只能記錄號碼。兩座堆得高高大大的土山，埋的是一九四七年，冬天死於第六分所火災中的一百二十二具遺體。

按照規定，只有坂本這些團本部員可以參與入土埋葬，但佐藤健雄、瀨崎清、山村昌雄三人各自代表了滿鐵、阿穆爾俳句會和同鄉會一起來到了墓園。今年已五十八歲的佐藤從滿鐵時期便已認識山本，因此更感悲痛，垂落的雙肩顯得淒涼落寞。

坂本挖著墓穴，安慰自己至少山本是在秋天離開。因為入冬後的土壤會凍結到地下兩公尺深，根本無法挖洞。坂本仔細掘著土，挖出深深的墓穴，希望至少讓山本能得享安眠。

那一晚，儘管有些難為情，坂本還是創作了生平第一首短歌悼念山本。

太陽隱沒，微寒的西伯利亞初秋，荒野上逝去的你

阿穆爾俳句會的木良瀨崎清背著監視兵，在山本標記著「45」的白樺墓碑底下，用鉛筆寫下了山本的名字和死亡年月日。瀨崎邊寫邊哽咽，心想他都特地將雅號改為圖南子了，為什麼山本最後還是在北方瞑目呢？

福岡出生，九州帝大工學部畢業的瀨崎在滿洲國建國的同時，以建設王道樂土為夢想，成為了參事官。瀨崎的固執不僅眾所周知，連自己也如此認為，他常常把「少年得志大不幸」這句話掛在嘴邊沉吟。

山本對主張「太早出人頭地不是什麼好事」的瀨崎調侃道：「不過，瀨崎，像你這樣敵我分明的人，不可能出人頭地吧。」

「北溟子，這點你也一樣吧？」

兩人互不相讓，笑成一團。極少稱讚他人的瀨崎打從心底佩服山本，山本也常誇瀨崎有一副俠義心腸。

山本過世的前幾天，瀨崎前往探病。

山本以筆談的方式告訴他：「務必幫我將遺書送回日本，詳情請和佐藤前輩商量。」

「北溟子，你不准死，不准死！」

瀨崎的聲音不自覺地顫抖。然而，山本卻彷彿對死亡已有覺悟，只是望著瀨崎的眼睛。

山本過世後，瀨崎一直閉口不語，不搭理任何人。佐藤將山本寫在筆記本上的遺書拿給瀨崎，看完遺書的瀨崎下定決心，就算是為了見山本家人一面，將遺書交給他們也好，自己也一定要活著回去。

蘇聯製的粗糙筆記本上，第一行這樣寫著：

〈山本幡男　謹啟

我敬愛的佐藤健雄前輩，以及這座收容所裡與我感情深厚、秉性善良的人們啊！請你們有空時反覆背誦這份遺書，一字一句都不要遺漏，銘記在心。善良的好心人啊，務必將這份遺書轉交給我的家人。七月二日〉

收容所的賣店雖然有販售筆記本和墨水，但禁止書寫所方許可外的任何內容。蘇聯方面也對日本人擅自集會討論這些事十分敏感，留下文字紀錄更被視為間諜行為。

收容所會趁大家外出工作時突襲檢查私人物品，也曾有好幾個人因為被查出日記或便條而送進懲戒室。在四人組脫逃事件後，收容所的防範尤為嚴格。此外，回國前的檢查森嚴，要將遺書帶回日本可謂難如登天。

與瀨崎相熟的軍醫小日向和夫，當初即是將死者名單藏在眼鏡鏡臂裡，打算回國後通知遺屬，卻在乘船歸國的前一刻遭蘇方識破，獲判二十五年的重度勞動，送至西伯利亞內陸後再進入第二十一分所。

山本大概也是擔心這樣，才會誠摯祈求眾人「有空時反覆背誦」，而非以文書的形式轉達遺書。山本已預期，唯有仰賴「善良的好心人」記憶，才能將自己的遺書送至家人手中。

瀨崎是在看山本寫給孩子們的遺書時，興起了無論如何都要實現山本心願的念頭。瀨崎感觸良深，身為日本人，他希望自己臨死前也能寫出這麼高尚的遺書。瀨崎認為，這封遺書不只是山本個人的遺書，而是所有在收容所裡徒然死去的人們，寫給祖國每一個日本人的遺書。

幾天後，眾人在浴場更衣室裡悄悄舉行了山本北溟子的告別式。

那晚，滿鐵調查部、島根縣人、阿穆爾俳句會、哈爾濱特務機關以及與山本要好的佐佐木正制等，山本筆記中稱呼的「善良的好心人」齊聚一堂。

畢業於九州帝大的佐佐木出生於北海道，個性像大哥一樣豪邁可靠，神奇地與山本一拍即合。

佐佐木常說：「我是力量只有一也要展現出十的樣子，北溟子是有十的力量卻只顯露一。」對山本甘拜下風。見到連佐佐木這樣的男人都為山本傾倒，佐藤再次為山本廣闊的人脈感到驚豔。

佐藤原本打算在告別式上向大家提議暗記山本的遺書，並交給山本的妻子保志美，最後卻沒有說出口。

告別式後，他先私下分別找了山岸研、後藤孝敏、瀨崎清、新見此助，告訴他們此事。之後，佐藤還選了阿穆爾俳句會的森田市雄與日下齡夫。這幾個人年輕力壯，不只記憶力卓越，為人也值得信賴。野本貞夫與坂本省吾則是本來就與山本很要好，佐藤猜測，山本應該是親口委託那兩人。

包含〈本文〉在內的四封遺書若想如山本所願，一字不漏全部默背下來的話，考量到萬一，至少需要幾個人才能完成。佐藤並沒有告訴背負這項任務的成員，除了自己以外還有哪些人也背了哪封遺書。

要提防的不只是蘇聯人，最可怕的是日本人自己的檢舉。

因脫逃事件遭到究責的政治部軍官米辛升上少校，重新回到了第二十一分所。米辛會趁日本人前往工地時，實施嚴格的私人物品檢查，人人都怕他。此外，所內也有傳聞，在領取日本親人寄來的信件時，所方會強迫日人協助蘇聯或是當檢舉的眼線。

山本過世十多天後，一件震撼眾人的事也令佐藤行事更小心謹慎。牙科醫生內藤則孝因為遭收容所強迫在回國後協助蘇聯而痛苦不堪，自殺身亡。

內藤自殺那天，本來在醫院工作的他突然被調至船舶修理廠的建設作業班。午休時，他向бригадир（作業班長）中川芳夫借了枝鉛筆。

沒多久，正當中川在抽一根 Makhorka 時，工地傳來大喊：「內藤醫生上吊了！」

中川趕往現場時內藤已經斷氣。內藤在工地鋼筋上懸掛皮帶上吊，死前以跟中川借來的鉛筆在水泥袋紙上寫下遺書，放在口袋裡。中川避開眾人耳目藏起那封遺書，事後才打開來看。

遺書以潦草的字跡寫著：「我不想帶著陰影回日本。各位日本同胞，感謝大家這麼長時間的照顧。」

米辛在轉交日本來信時以明信片為代價，要求對方在回國後為蘇聯執行間諜任務。受到強迫的不只內藤一人。

順帶一提，對於這些從西伯利亞攜帶特殊任務回國的日本俘虜，有人以「幻」或是「幻兵團」稱呼他們。這些人的特殊任務分為蘇聯拘留時與回歸日本後兩種。拘留在蘇聯時的間諜任務，包含揭發曾為憲兵或情報機關人員的「前職者」，找出有反蘇行為的人並加以檢舉，據說間諜人數約八千名。

後者獲得的指令是回國後取得日本政府和美軍的相關情報，進行思想、政治上的諜報工作，約五百餘人。

6

佐藤給六人看了山本的遺書，請他們各自挑選要默背的內容，製作自己那一份的複本，並拜託大家隱瞞複本的存在。

瀨崎雖已不年輕，但還是負責了〈給孩子們〉和〈吾妻如晤！〉兩份遺書。他使用跟山本一樣的蘇聯製筆記本謄寫複本，不只斷行和標點符號遵照原文，連字體都仿照山本本人的筆跡。為了躲開外出時的私人物品檢查，瀨崎又多寫了一份複本，外出作業時和筆記本一起放入腹圍中，片刻不離身。

不久，山本親筆留下的遺書與未完成的《平民手簡》筆記，全都在政治部軍官突襲檢查時遭到沒收。聽到遺書遭到沒收的消息後，瀨崎為自己考量到萬一情況的策略成功而鬆了一口氣。

從哈爾濱特務機關時代便認識山本的後藤孝敏，從佐藤手中看到遺書全文時，先是驚嘆於山本在重病中寫下四千五百字的魄力，接著在「請你們一字一句都不要遺漏，銘記在心」的字句裡，感受到山本過人的執念。

後藤於京都帝大就學時，有段時期讀了左翼的相關書籍，為之著迷，對曾因三一五事件遭到逮捕的山本頗具同感。看著〈給孩子們〉的遺書，山本心繫日本未來的關懷吸引了後藤的目光，對下面這一段感到心有戚戚。

「將來，日本民族是融合東西文化的唯一媒介，也是唯一能夠運用東方優秀的道義文化——人道主義，為重建世界文化貢獻的民族。請時刻記住這份歷史使命。

此外，無論日子多麼艱辛也要參與創造人類文化，勿忘增進人類福祉等進步思維，莫迷失於偏頗激進的思想。永遠選擇認真，走在基於人道，自由、博愛、幸福、正義的道路上。」

這一段落，後藤抄寫了無數次。

這是一份給新日本年輕人的訊息。山本一定是以一種和新世代年輕人對坐暢談的心情寫下這些文字。遺書中可以感受到，山本認為最後能拯救日本的，既非共產主義也非資本主義。

曾經參與社會主義運動，卻被囚禁在共產主義國家的收容所裡，面對這諷刺的命運，山本肯定百感交集。後藤對山本臨死前抵達的思想境地有很深的共鳴。

後藤謄寫了〈給孩子們〉與〈本文〉的複本，縫在工作服裡隨身攜帶。背誦之於他，並沒有那麼辛苦。

佐藤將筆記交給阿穆爾俳句會的日下齡夫時，對他說：「回歸日本時，任何寫有文字的東西都會在納霍德卡遭到沒收，所以，放在腦袋裡最安全、最有保障。」

由於營房裡的蠶架很危險，日下齡夫便前往收容所的圖書室假裝借書閱讀，實則謄寫〈吾妻如晤！〉，再將謄本藏在ватник（棉襖）的棉料中。

工作回來後，日下會趁四下無人時，悄悄拿出遺書謄本躺在床鋪上背誦。回國不知還要幾年，不，是還要幾十年，這項任務雖壯闊龐大，但睡前在蠶架上默誦遺書已成為日下的習慣。

日下在不好背誦的句子旁畫下紅線，打上◯號。日下有自信不會被任何人發現，也隱隱約約知道森田市雄同樣負責〈吾妻如晤！〉。他想，就算遺書遭到沒收，只要自己和森田合作應該就能復原。

森田栗仙在山本死時寫下悼念的句子：

秋日狂風呼嘯，無法質問你的死因
頭七日，傍晚席間，蟲兒也聚集而來

森田將傷心託與西伯利亞秋天的狂風，向害死老師山本的一切提出悲涼的控訴。新森低聲對森田道：「山本不是病死，他根本是被殺死的。」

新森的健康狀況自山本過世前幾個月便開始惡化，一直住在跟山本不同間病房裡，因此不知道遺書的事。

山岸研收下了〈母親大人膝下！〉。山岸在故土日本也有年邁的母親，這封寫給母親的遺書令山岸看到了自己的身影。

山本已年過四十，還是會哼哼唱唱北大的宿舍歌，說自己喜歡卡爾·布瑟的詩：「在山的另一邊，旅途遙遠之處」，即使身處逆境也沒有失去夢想。

這種生活之道深深吸引了山岸。每當有人嘲笑山本的「дамой（歸國）情報」不準時，山岸都會以平和的口氣訓誡對方。那些「дамой（歸國）情報」不知給了自己多少鼓勵，山岸覺得，是山本為黑暗的收容所生活帶來了光明。

根據過去在哈爾濱特務機關工作的經驗，山岸認為複本是很危險的物品，因此默記完畢後便立刻丟掉抄寫的謄本。

新見此助負責〈母親大人膝下！〉與〈給孩子們〉。此外，新見也遵從山本在便條中的交代，請島根縣同鄉會的山村昌雄默記〈本文〉。新見雖然不曾見過山本和山村交談，但他似乎很信任感覺誠懇又極富責任感的山村。

比起遺書，新見更重視山本最後寫的那張潦草字條。

「即便想死也死不了，萬般皆是命。寫遺書是以防萬一，小生當然是抱著想活下去的心態在奮鬥。我們還有希望，切莫陷入悲觀絕望，一起努力吧。」

新見將這張字條深深烙印在心裡。他將謄寫的遺書和山本留下的筆談紙條全部縫在內衣裡穿去工地。對新見而言，貼身攜帶、片刻不離比默記更令他安心，也讓他感覺像是山本時刻陪在自己身旁。

新見經常夢見山本臨終前的樣子，夜半夢魘。即使在夢裡，山本仍是呈現下半身失禁的樣子，脖子腫得像顆球，散發腐敗的臭味。新見暗自決定，絕不向山本的家人提及他臨終前的樣子。

接下遺書默記任務的人之中，也有人像山村昌雄這樣，不是由佐藤委託。野本貞夫是山本親自託付，請他記下遺書全文。山本給野本看的筆記本封面畫了個謎樣的圖案，兩個類似螺旋的圓圈中間以一條線連結，線的正中央寫著「自覺」兩字。山本選擇野本代表了他的信任，野本戰戰兢兢，連同一作業班的好友都沒有告訴。

野本很久以後才知道也有其他人在背誦遺書。雖然他不以背誦為苦，但偶然得知還有其他人也在默記後，還是稍微鬆了一口氣。

比起遺書，山本寫到一半的《平民手簡》遭到沒收，對野本的打擊更大。野本一直認為，山本稱為「第三思想」的那本書，肯定乘載了山本所能達到的最高思想。

山本死後，野本暫時陷入虛脫無力的狀態，回想守靈颳著暴風雨的那晚，他在自己的筆記本上寫下一首詩：

北溟子逝去的傍晚，

風起雲湧，

黑暗喧囂。
烏鴉穿過漫天雲層
淋著雨，眼底閃爍光芒

野本不禁想起山本過世那晚，那令人毛骨悚然的陣陣烏啼。

山本離世的前幾天，野本無法去探病。他聽說山本因劇烈疼痛在床上打滾，實在不忍心看到山本那副模樣。過去的山本，無論任何時候都不會被絕望擊垮，一派瀟灑。野本想好好珍惜山本在自己心中的形象。

山本住院前，野本有事沒事就會和他一起躺在蠶架上談天。如今，那個人已不復在的空虛寂寥，隨著時間流逝愈發強烈。野本閉上雙眼，孤零零地在蠶架上吟誦那些他早已不知不覺背下的山本詩作：〈海鳴〉、〈枯樹〉、〈手指〉和俳句。突然間，〈枯樹〉的最後兩句與山本臨終的身影重疊在一起。野本眼前浮現山本化做一棵枯樹，屹立於天地之間的身影。

韃靼荒野，萬物沉入黑暗
啊啊，零丁枯樹，撫摸無垠的天空

山村昌雄是在同鄉新見此助的委託下，默記遺書〈本文〉。

「山本先生是我很重要的人，我想請你背下這份遺書，別讓其他人知道，回國後交給山本先生的夫人。」

新見將筆記本紙條塞到山村手裡時，山村嚇了一跳。

山村是在一九五三（昭和二十八）年六月編入第二十一分所，與當時住進收容所病房裡的山本只見過幾次面，更不曾單獨說過話。

「拜託，你比我年輕許多，身體也健壯，一定可以活著回到日本，求你了……」

新見眼裡透出迫切的光芒，山村無法拒絕，接下了委託。

對山村而言，令他驚訝的是在第二十一分所寫遺書這件事。一旦所方發現，不只會沒收遺書，還會將此視為間諜行為，把持有遺書的人送進懲戒室吧。

原來如此——山村明白了，所以才要以記憶的方式，而非危險的書面形式將遺書交給遺屬啊。然而在收容所裡，無法保證哪個人不會向蘇聯檢舉。

山村立刻前往廁所，悄悄看起山本的遺書。

「山本幡男的遺屬啊！」

文章在這句開頭前標示了「本文」二字，筆跡與內文並不相同。看來，新見給自己的並非遺書全文，還有其他「副文」存在。山村察覺出除了自己以外，似乎還有幾名默記人選，一起分擔這項任務。

山村接著看下去，內心漸漸平靜下來。雖然是山本的遺書，他卻覺得自己彷彿聽到了許多夥伴的聲音，在回國的殷切期盼中死去的遺憾之聲。山村燃起了無論如何都要將這封遺書送交山本家人的念頭。

山村昌雄，大正十二年生，陸軍官校五十六期，終戰時任陸軍大尉。當年，他在滿洲通化迎來終戰繳械後，八月二十八日遭蘇軍帶走，以俘虜身分關入新巴甫洛夫卡收容所。後因同伴檢舉他曾隸屬關東軍特種情報隊，在缺席審判下，獲判二十五年重度勞動。在那之後，又過了將近五年的時光。

即使接下來平安無事活個二十幾年，待刑期結束，山村也五十三歲了。就算運氣好，日蘇兩國關係好轉能夠回國，也無法預測還要幾年。山村思索著該如何在歸國那一天前保管、記憶這份委託的遺書。

「送懲戒室嗎……」

儘管已經下定決心，但一想到萬一事發被送進懲戒室的後果，山村還是對這份嚴峻的任務感到黯然。再三思考之後，山村將遺書複本放入空罐，藏在床鋪下的地板裡。他常常趁四下無人時，從地板下的罐子拿出遺書，反覆背誦。

每個月，他會用工地拿到的水泥袋邊角默寫一遍，與複本對照，確認自己的記憶是否正確。確認完畢後便會將自己寫的紙條撕成碎片，丟進糞坑。

這樣反覆的行為成了山村的祕密任務。

坂本省吾則是受到與山本交情匪淺的佐佐木正制委託。

「其實，北溟子拜託我背下他的遺書，但我沒自信，就拜託你了。」佐佐木語畢，不等坂本的回答又接著說：「你要好好記下來。畢竟，那是他賭上生命的遺書。」

佐佐木的口氣不容拒絕卻很有說服力。佐佐木雖然有些倔強，但性格豪爽與坂本也十分親近，這種拜託方式像極了他的作風。

坂本心想，既然是山本賭上性命寫下的遺書，當然得背下來才行。坂本負責的部分是〈吾妻如晤！〉，他將複本摻雜在團本部計算勞動基本定額的文件裡，這麼做反而比放在自己營房的行李中更安全。

坂本每次拿文件時就會看看複本，謄寫一次確認自己記憶是否正確。戰時於孫吳縣負責暗號工作的坂本對背誦很有自信，並不覺得多辛苦。

7

山本幡男過世三個月後，一九五四（昭和二十九）年十二月，日本鳩山內閣誕生，接替了吉田內閣。首相鳩山一郎將日蘇邦交正常化訂為外交基本方針，把自己的政治生命賭在恢復日蘇邦交上，立刻展開一連串的日蘇交涉行動。

隔年六月一日起，日本代表松本俊一與蘇聯駐英大使馬立克，於倫敦展開雙邊談判。

會議從第一天便進入對立狀態。相對於日方要求即刻歸還拘留在蘇聯境內的日本人，蘇方則是提出了北方領土的領土問題。蘇聯主張，若日本不在領土問題上妥協，就不歸還日本拘留者，談判陷入決裂。

在這樣的國際情勢中，一九五五（昭和三十）年十二月十九日上午八點，哈巴羅夫斯克第二十一分所（此時也叫做第一分所）爆發了日本拘留者首次團結抗爭的運動，也就是所謂的「哈巴羅夫斯克事件」。

蘇軍將日本人帶回西伯利亞的十年間，在飢寒交迫與強制勞動中，收容所內陸陸續續出現衰弱的病人。拘留者的平均年齡為四十二歲。該年十一月，所方在政治部軍官和收容所長監督下，對老人和虛弱的病患進行體檢，包含先前一直在醫務室休養的病人在內，強迫五十多名拘留者前往零下三十度的戶外勞動。作業中不斷有人倒下，幾名現場的日本作業班長向收容所發起請願運動，蘇方的態度卻極其冷淡，沒有回應請願的意思。

「這樣下去，日本人全都會被殺死！」收容所內湧現不安的聲音。

十二月十八日星期日，各營房代表暗中召開會議。由於「黨史研究社」一有機會便會向收容所檢舉日本人的行動，因此特別謹慎。

會議結束後，代表向各營房作業隊報告結論，決定要在隔天十九日星期一саботаж（拒絕上工）。眾人推選前關東軍司令部副隊少佐石田三郎為代表，向收容所宣告自十二月十九日起，進入罷工。

石田表示：「我們希望這場運動只是請願而非鬥爭。重點在於向莫斯科政府表達收容所裡的非人道待遇，與政府代表在收容所這裡解決問題。」

之前，日本拘留者好幾次向莫斯科政府遞交請願書，卻每一次都遭哈巴羅夫斯克官員擋下。石田還擔心眾人的行動會對日蘇談判帶來不好的影響，因此禁止一切暴力行為。

面對日本人有史以來第一次的拒絕上工，收容所以全面禁止娛樂、食物分量減至五分之二的懲罰做為報復，但拒絕上工仍不斷持續。

罷工幾天後，收容所裡的朝鮮人團體表示：「以前一直覺得日本這個民族怎麼這麼窩囊，這次罷工卻讓我們刮目相看。請讓我們一起加入你們的行列。」

然而，日本代表石田在表達感激後慎重拒絕了對方。

「你們要是一起參與這場行動可能會永遠回不去。就算能回去，也一定會受到處罰。」

於是朝鮮人團體改成偷偷送食物表達支持，哪怕是黑麵包也好，希望懲罰飲食中的日本人可以吃一些他們的配額。

收容所就在罷工中迎接了一九五六（昭和三十一）年的新年。儘管所內瀰漫著一觸即發的空氣，眾人在石田和請願運動幹部的指導下，仍不斷向中央遞送請願書，陳述抗議行動的本意。請願書的收信者包含最高蘇維埃主席團主席伏羅希洛夫、第一書記赫魯雪夫、蘇聯紅十字會會長、塔斯社、真理報等，寄出了二十八份。

然而，到了二月底莫斯科仍舊沒有回覆，所方再度重啟過年前暫時解除的懲罰飲食。如此下去，日本人的身體顯然也將面臨極限。為了請出莫斯科代表，石田等人商量後決定訴諸非常手段——絕食請願。

由於全面絕食會危及生命，眾人將一部分黑麵包配給做成可保存的麵包乾，準備好一週的分量後，除去身體虛弱與在營內工作的人，集合約五百名拘留者一起進入絕食。作戰計畫中，一些被稱為「敢死隊」的年輕志願者，滴水不沾、粒米不進，展開全面絕食。

年輕的山村昌雄、後藤孝敏、日下齡夫等人也都加入了「敢死隊」。他們在飢腸轆轆、腦袋一片空白時，時常想起那些背下的山本遺書和詩句。

坂本省吾不停製作鼓勵眾人的傳單文字。

絕食第十天的凌晨，莫斯科派來的內務部副部長波奇科夫中將，帶領兩千五百多名的軍隊包圍收容所。就這樣，為期百日的請願運動在蘇聯出動軍隊下遭到弭平。

八百名日本人被打散至四個收容所，以石田為首的四十六名幹部則被送入監獄。

這起事件後，石田等日本代表每次和波奇科夫中將面談時，都會申訴日本人置身的處境有多麼悲慘。

透過這些面談，波奇科夫似乎也才發現他們只因收容所管理者單方面的報告，便出兵鎮壓的事實。

對於這些日本人的要求，波奇科夫中將承諾：「我們會調查事件真相，收容所若有不對的地方也會予以改善。」

調查結果出爐後，蘇方大幅接受日本拘留者的要求，進而實施放寬勞動條件、改善醫療環境、廢除祕密間諜，以及收容所交付信件與包裹時不合理的檢查等。

蘇方的態度會有這樣的轉變，一方面是日本人首次團結對蘇聯當局造成衝擊；另一方面，日蘇談判在國際間受到矚目的微妙局勢也起了很大的作用。

野本認為罷工運動沒有白費，唯一介懷的是石田及其他幾位日本代表替他們這些人被關進監獄。後來聽說大家都平安無事，日本的包裹也可以送進監獄後，才終於放下心中的大石。

經歷一百多天鬥爭帶來的顯著變化，即是眾人可以直接收取來自日本的包裹，不用再接受檢閱。

以前會遭到沒收的日本雜誌、週刊也從違禁品中除名。全收容所都在傳閱雜誌和週刊，所有人都著了迷地吸收日本戰後的變化。

前衛、戰後派、阿加傻[31]、八頭身等日本國內的流行語也開始融入收容所裡的對話。還有人把「八頭身」記成「八身頭」，大夥兒笑著說：「那樣你不就成妖怪了嗎？」

電影《太陽的季節》也蔚為話題，流行語「太陽族」令記憶只停留在日本敗戰之際模樣的拘留者訝異不已。

眾人開始恢復工作是在四月中旬以後。彼時正值融雪之際，野本穿過四處泥濘的道路走向工地時，抬頭仰望久違的春日天空，頓感神清氣爽。

「如果山本還活著的話……」野本想起山本呢喃道。

如果山本還活著，一定會樂陶陶地在個人誌上大書特書鼓舞士氣的文章吧。

山本過世一年八個月後，許多人因哈巴羅夫斯克事件而身體虛弱，記憶力也大幅減退。然而，對受託遺書的人們而言，記下遺書內容交給山本家人這件事也是支持他們生存下去的動力。

31　アジャパー，一九五一年喜劇演員伴淳三郎於表演中帶起的流行語，用來表現驚訝或困惑時的感嘆。

因哈巴羅夫斯克事件中斷的阿穆爾俳句會也再度恢復，以一週約一次的頻率舉辦。沒有山本的選評後，成員們改以互選的方式進行。

八月二十五日，眾人在山本祭日的這一天舉行了悼念句會。

玉米吵吵嚷嚷，棺柩已白　　葩村
秋櫻——記憶中老師拂拭眼鏡的身影　　峯月
一盞燈，彼方蟲聲幽然　　一雨
秋日蟲夜，手指雞蛋，淚滿襟　　栗仙
留下一只眼鏡離去，秋日烏雲　　銀江

一九五六（昭和三十一）年十月十九日，鳩山首相帶領的日本代表團前往莫斯科參加日蘇談判，在克里姆林宮的大理石房間裡簽署了《日蘇共同宣言》與通商協議書。此時蘇聯突然決定，將所有蘇聯國內刑法判定為戰犯的日本拘留者，全數釋放。

獄中的石田三郎等四十六人原先雖判監禁一年，卻於十一月中旬獲得釋放，再次回到第二十一分所。

該年十二月二十二日，總計一千零二十五名蘇聯地區最後一批長期拘留者自第二哈巴羅夫斯克站登上西伯利亞鐵路，前往納霍德卡。這班列車全為臥鋪車廂，令之前只有被塞進過貨車或СТОЛЫПИН（囚犯押解車）經驗的眾人，紛紛不知所措。所有人的臉上都洋溢著喜悅，聲音透露著興奮。由後宮淳大將擔任本梯次團長。

日本迎接船興安丸（總噸數七五七三噸）的船桅已高高升起紅十字會會旗，在納霍德卡港口等待大家。

8

一九五六（昭和三十一）年十二月二十四日早晨，興安丸停靠納霍德卡港口岸邊，降下舷梯。

開放登船後，眾人一個一接一個走上舷梯。

山岸研覺得，登船舷梯又遠又長。船舷與港岸間有道隱形的國界，一想到自己此刻就要跨越那道國界，雙腿便開始顫抖。他一步一步邁出步伐，走上實際連一分鐘路程都不到的舷梯。每走一步，他都提心吊膽生怕途中又再被叫回去，接著又告訴自己此刻已經安全。

有那麼一瞬間，山岸的腦海掠過母親的容顏，母親不斷自故鄉新潟寄來的明信片上總是寫著「我一心祈求你的歸來」。

就在離開第二十一分所不久前，山岸從日本的來信中得知母親過世的消息。山岸的妻子已在滿洲引揚途中亡故，想到現在連母親都不在了，心口便揪成一團。

負責山本遺書〈母親大人膝下！〉的山岸，在穿過舷梯踏上甲板的瞬間，大概是緊繃的神經一下子鬆懈的關係，腦袋變得一片空白。當下，本應熟記在心的遺書卻一個字也想不起來。

新見此助擔任的是〈母親大人膝下！〉和〈給孩子們〉，由於將遺書縫在貼身衣物裡因此很放心。此外，新見還將〈故鄉英雄〉、山本寫在包藥紙上的筆記、畫在新聞紙上的風景素描，甚至是山本家人從日本寄來的明信片全部縫在褲子裡。

負責〈本文〉與〈給孩子們〉的後藤孝敏按捺住想奔跑的衝動，邁出步伐。離開第二十一分所前，收容所方嚴加警告眾人，攜帶寫有文字的物品，不是只有沒收那麼簡單，因此後藤早已處分掉遺書複本。出發前他反覆將遺書背得滾瓜爛熟，加上對背誦也有自信，認為即使登船後自己也能想起內容。

瀨崎清將寫有山本遺書全文的筆記放入衛生褲綁在腳上，做好一旦敗露將被送回西伯利亞的覺悟。然而，或許是最後一次歸還長期拘留者的關係，私人物品的檢查十分寬鬆，只是觸碰一下身體便結束了。平安無事登上舷梯後，瀨崎百感交集，無法相信自己竟然能活著歸國，好一陣子說不出話。

原本將〈吾妻如晤！〉複本藏在ВАТНИК（棉襖）棉料裡隨身攜帶的日下齡夫，出發前將複本折成小小一條，仔細纏上絲線。日下用盡自己所有絲線將複本捲了幾十圈做成線捲後，終於鬆了一口氣。

拘留者人人身上都有針線，就算檢查應該也沒有啟人疑竇的風險，日下稱讚自己想到了一個絕佳的隱藏方式。線捲輕鬆通過了檢查，日下帶著遺書線捲登上了舷梯。

甲板上，日本紅十字會代表和船長、船員們排成一列揮舞帽子向眾人慰問：「辛苦了！各位辛苦了！」

淚水突然滑落臉頰。日下回頭，只見把防寒帽戴得低低的森田市雄也在哭泣，身後是無盡延伸的人龍。

當船員升起舷梯固定鎖上後，輪船響起出航的汽笛聲，絞盤唰啦啦地收起船錨。興安丸靜靜駛離岸邊，跟在破冰船後，開始緩緩在冰海上行進。

眾人站在甲板上。白雪覆蓋了錫霍特山脈，矮丘綿延，眼前是一望無際的銀白大地。

甲板上的山岸注意到冰海上有個緩緩移動的黑點，他下意識凝神看向那個正在動的小黑點。小黑點正朝船隻的方向過來。

「是小黑！」

「那不是小黑嗎！」

甲板上的人群此起彼落地喊道。有人高喊小黑的名字，有人將身體探出船欄杆外，甲板上一陣騷動。

小黑以漸漸駛離港岸的興安丸為目標，拚命游水追上來。山岸屏息看著小黑的舉動。再這樣下去，小黑一定會因寒冷的冰海與疲勞而死。

就在這時，興安丸突然放慢速度。原來是船橋上的玉有勇船長發現小黑，停下了引擎。

小黑逐漸接近。船員降下舷梯，爬下去將小黑救了上來。

被抱上船的小黑全身上下的毛又冰又硬，像是死了般一動也不動。急著湧上前的人群中有一人緊緊抱住小黑。

終於，小黑微微動了一下。

「還活著，小黑還活著！」

山岸下意識大喊出聲，圍著小黑的人群爆出歡聲。

離開哈巴羅夫斯克收容所時，有人不忍心就這樣將小黑丟下，便躲開監視兵的盤查，偷偷帶小黑登上火車，結果卻在通往棧橋前的檢查中露出馬腳。當日本人陸陸續續登船，船隻出航的瞬間，被留在岸邊碼頭的小黑立刻追著眾人衝向冰海。一想到蘇聯出生的小黑竟然捨不得日本人一路追上來，山岸的心頭便充滿熱意。

當興安丸開始在冰海上前進後，山村昌雄立刻奔向客艙一隅，急急忙忙拿著鋼筆，在出發前於哈巴羅夫斯克買的筆記本上，草草寫下山本的遺書。山村負責的是遺書中的〈本文〉，他省略一切句點、逗點、驚嘆號，一心一意將腦海中浮現的文字照寫下來。因為太心急，甚至沒注意到自己漏了結尾前的那句「如今也只能在前往極樂世界的路上為各位的健康幸福祈禱」。

好不容易復原遺書後，山村心裡一陣感慨，心想這下任務已了，自己終於完成了這項託付。

甲板上，眾人凝視著逐漸遠離的納霍德卡，一片靜默。

興安丸駛離港口後慢慢加速。當濱海邊疆州的影子漸漸落在水平線下後，跟在興安丸後方的蘇聯護衛艦便升起「預祝航行平安」的信號旗，掉頭轉向。

接著，興安丸的船桅升起太陽旗，四周響起了歡呼。眾人心裡湧起喜悅，這裡已不是蘇聯領海，他們不會再被帶回收容所了！

錫霍特山脈的影子逐漸沉向船尾，興安丸加快速度，在日本海上一路朝南疾行。

興安丸船內鋪著榻榻米，走廊與大廳牆上展示了一整片日本小學生的書畫作品。這是祖國同胞的體貼，希望多少能為這些長時間在西伯利亞受苦的人們帶來一些撫慰。

坂本省吾聽到晚飯通知後步下餐廳。餐廳一樣鋪著榻榻米，晚餐是紅豆飯、首尾完整的鯛魚生魚片[32]加上一只德利溫酒壺，是祖國日本無微不至的心

32　日本文化中，將紅豆或豇豆與糯米一起蒸煮的紅豆飯與鯛魚皆有吉祥的寓意，人們會在發生好事或慶典節日中食用。

意。

坂本他們已經有十一年的時間沒有拿過筷子或喝日本酒了。

「真好吃，我死而無憾了。」

人群裡出現這樣的聲音，眾人笑成一團。

坂本雖想趁著還有記憶時先寫下山本的遺書，但面對久違的日本酒也想忘掉一切，大醉一場。坂本甚至收下了不喝酒的人的份，總共喝了十壺德利[33]，覺得身體宛如漫步雲端的輕盈，腦袋變得一片空白。

坂本欲起身去默寫遺書，身體卻因舒服的醉意搖搖晃晃。記憶裡的文字變得支離破碎，大腦想不起一句完整的句子。算了，明天就會想起來了吧——醉意與疲憊一口氣湧了上來，坂本現在只想倒頭大睡。

他昏昏欲睡的腦袋突然天外飛來一筆，覺得北溟子簡直就像個無欲無求的神仙。

十二月二十五日的夜晚，日本海正中央，興安丸船上的阿穆爾俳句會成

33　約一千八百毫升。

員不約而同興起了舉辦俳句會的念頭，眾人聚在餐廳一隅。

冬日鯛魚，拿起睽違十年的筷子　　梅城

這是梅城日下齡夫的句子。無論是冬日的鯛魚還是拿筷子，都已十年不曾體驗。由於做成線捲的山本遺書平安無事，日下得以盡情享受故鄉的滋味。手中拿著的是日本筷子而非自製的木湯匙，令日下感慨萬千。

冬海，煎熬回憶依舊在　　木良

木良瀨崎清想起了聚會開始前自己前往甲板時的景象。冬日大海上，挾帶雪花的寒風吹拂。

「北溟子死了……」瀨崎喃喃自語。

儘管想著自己從此即將展開第二人生，內心卻還停留在身為囚徒的日子裡。主導俳句會的山本北溟子本應坐在他們中央，卻與大家天人永隔，令瀨崎心底一陣哀戚。

客艙裡到處充滿了同伴洋溢喜悅的歡笑聲，明日一早，眾人終於能踏上十一年來作夢也不曾忘記的日本土地，唯有阿穆爾俳句會這裡隱約瀰漫一股肅穆。一張張逝去的俳句會夥伴面孔浮現眼前。

在場的俳句會成員皆想起山本那最後寫下「選」字的身影。市瀨里羊、須貝良民……就連下村虻郎也在山本離世的隔年，於病房中撒手人寰。

今日的旅程——冬浪，波濤洶湧　　栗仙

栗仙森田市雄想起阿穆爾俳句會迎接第二百回句會的時候，那是昭和二十九年三月底，山本過世前的幾個月。當時，山本的病情雖日益惡化卻還能出聲，整個人意氣軒昂。在收容所餐廳一隅舉辦的兩百回俳句會結束後，森田前往病房，山本告訴他：「栗仙君，等回到日本，我們做一本西伯利亞俳句集吧……」

「日本現在是春天吧，櫻花的季節。」

「上野森林的櫻花也差不多要開了吧。」

森田想起當時和山本之間的對話，腦海浮現山本給自己看的兩首短歌：

阿穆爾俳句會，灌溉了韃靼荒野，綻放言語之花

編一本西伯利亞句集，空前絕後，春日吋，大和國

山本明明說過回日本要編一本西伯利亞俳句集的……一想到說著那些話的山本已離開這世上，森田的眼眶便泛起淚水。

那一晚的船上俳句會共十八人出席，是山本為俳句會命名為「阿穆爾」後的第二百八十九回句會。

快步奔上猶如母親般的冬日巨艦　綠城

最後一艘船歸國，眾人，面無表情　一雨

冬浪前方，陽光輝映燦爛　秋徑

枯樹寒枝，火車站的藍色文字，比金[34]　銀江

冬日晴空，揚起太陽旗，活著的意義　空空子

歲末，自哈巴羅夫斯克至祖國　竹城

34 俄羅斯哈巴羅夫斯克邊疆區的城市。

冬海，船頭雲端上的母國　　綠庭

祖國漸近，掌中的雪花頃刻融化　　文哉

秋徑竹田軍四郎喃喃道：

「這是最後一次阿穆爾俳句會了吧。」

眾人皆默默無語，點點頭。

野本貞夫在床上翻來覆去一夜未眠後，在天色未明時來到了甲板上。天空飄著雪。不同於西伯利亞乾燥的細雪，這裡的雪水氣飽滿還很溫暖。前方海面上，點點漁火閃爍。

野本想起山本教過自己的一首《萬葉集》和歌，吟詠出聲：

滄海離岸邊，熒熒漁家火，燃燭點燈復更明，使我得見大和島。

這是山本躺在昏暗的蠶架下鋪時，告訴野本的詩歌。

「野本，這是我們 дамой（歸國）之日的歌。雖然海上還是一片昏暗，但遠方漆黑的那座大島就是日本喔。你看，那些一閃一閃的光點是漁火。野本，哇！太好了，真是太好了。」

馬上就要抵達日本了！山本手放額際做出遙望的動作，語調抑揚頓挫，為野本解釋這首和歌。

野本多麼希望可以和山本站在同一處甲板，眺望此刻自己眼前的這片日本海。耳畔似乎兀隆兀隆響起那首〈海鳴〉，野本朗誦，臉上布滿淚水。

側耳傾聽，遠方傳來海鳴聲響，
是兀隆兀隆咆哮的風聲
也是海浪聲。
自嬰孩時即因那道聲音睜開雙眼，
懂事後也依然心懷畏懼的
海鳴聲！
那是呼喚黑暗的聲音！
在日本海千里之外
西伯利亞曠野的中心
深夜——

我聽著遙遠彼方的海鳴。
比拍打窗戶的秋風寂寥，
卻又如此令人懷念！
…………
嗚呼，我獨自在寒夜病床上醒來，
聽著兀隆兀隆的海鳴，
咀嚼遙遠的回憶……

露出曙光的天空突然爆出轟然巨響，一架飛機朝輪船飛來，機身上印著朝日新聞鮮豔的標誌。飛機在興安丸上空盤旋了幾圈，甲板上的人發出歡呼，朝天空揮舞雙手。

飛機越飛越低，朝船上投擲物品。那是十二月二十六日的早報，頭版上印著斗大的標題「蘇聯最終返還梯團歸來」。

早晨，興安丸於舞鶴港靠岸，登陸駁船將歸國者一一送往棧橋。豎立旗幟迎接歸國者的人海歡聲雷動，湧向棧橋。

舞鶴下著雪。

棧橋盡頭，野本戰戰兢兢地踏上睽違十二年的祖國土地，在人群中尋找妻子的身影。一名穿著暗紅色大衣，頭戴黑色貝雷帽的女孩走到野本跟前。原以為是女孩的那人竟是妻子・康子。野本的岳母也從佐賀趕了過來。

野本脫下防寒帽鞠躬。

「這麼長的時間，感謝您一直照顧內人……」

野本原本打算這樣向岳母感謝最後卻說不出話，低垂著頭。

兩天裡，所有歸國者在舞鶴援護局裡為健康檢查、身家調查等復員手續忙得團團轉。之後，援護局按照地區編列返鄉列車，眾人離開舞鶴，各分東西。大家互相拍著對方的肩膀，揮手道別。

昭和三十一（一九五六）年年末的風，在大街小巷裡吹拂。

終章

昭和三十二（一九五七）年一月中旬，寒冷刺骨的夜晚，一名從西伯利亞歸來的男子，來到大宮市大成町山本保志美的租屋處。

男子說他叫山村昌雄。

剛從大宮聾人學校下班回家的保志美一來到玄關門口，山村便立刻一臉緊張道：「您好，我是來送自己記下的山本幡男先生遺書。」

語畢，山村遞出一封信。信封上以工整的楷書寫著「已故山本幡男先生的遺書」。

聽見對方說「自己記下的」這句話時，保志美瞬間無法理解。她打開信封，只見裡面放了兩張信紙。在印著纖細隔線的 KOKUYO 信紙上，有鋼筆寫下的文章：

〈山本幡男的遺屬啊！

到頭來，我必須在哈巴羅夫斯克的醫院一隅寫下遺書……〉

當保志美理解這是丈夫幡男的遺書時，心臟頓時狂跳不已。過了一會兒，保志美發現信紙上的字跡工整端正，自己熟悉的丈夫字體則是龍飛鳳舞，充滿強烈的個人色彩，兩者並不相同。

山村見保志美一臉訝異後，露出鬆了一口氣的表情道：「看來，我是第一個將遺書送來的人。」

發現自己讓來訪的山村一直站在玄關後，保志美趕緊請對方進來客廳。這裡雖說是獨棟建築，卻也只是間租來的老房屋，附有廚房，上下樓分別為一坪半與三坪，住了保志美、四個孩子與婆婆麻鄉一家六口。

山村來到與廚房相連的三坪大客廳，挺直腰桿正坐後，便恭敬規矩地開始說明：「我和山本先生之前在西伯利亞待在同一間收容所，在山本先生過世後沒多久，收到默記遺書的委託。對方要我背下遺書，一字一句都不能遺漏，等平安回到日本後一定要送到山本先生家人手中。本來，年底從西伯利亞歸國後就應該立刻登門交給您，但因為不知道府上住址，花了些時間……」

山村一口氣說完感覺已準備多時的說明，在保志美閱讀他重新寫下的信箋內容時，始終保持安靜。

〈……握著鉛筆也是淚流滿面，要我如何好好寫下這封遺書呢！

纏綿病榻已一年三月，身體衰弱不堪，運筆不能隨心所欲，最遺憾的是，無法以文字表達我心中所思的萬分之一。

對你們，我有的是無盡的愛意與無法衡量的心疼，但究竟該如何用這枝筆來訴說呢……〉

保志美的心揪成一團，再也無法看下去，低垂著頭。

丈夫在昭和二十九年八月於西伯利亞的矯正勞動收容所死亡。不僅如此，直到昭和三十年春天，保志美才收到通知。起初，大宮市市府通知她丈夫即將回國，那一早，保志美和婆婆麻鄉才準備動身前往舞鶴港迎接幡男，便收到電報通知丈夫其實已經死亡。

保志美望著山村耿直誠懇的臉龐。山村看起來比丈夫年輕許多，但大概是在西伯利亞長年的拘留生活中遭風雪摧殘，臉龐是被雪晒傷的黝黑，雙頰瘦削。

這麼說來，十幾天前，也就是去年年關將近時，報紙報導了西伯利亞最後一批拘留者回到舞鶴港的新聞，橫跨兩大頁的版面印滿了小小的歸國者姓名。

「其實，我只和山本先生見過幾次面。我們之前一直分處不同收容所，等我移到山本先生的收容所時，他已經住進所裡的病房……」

山村說，自己是受到同為島根縣出身的新見此助所託，兩人經常在收容所的同鄉會中碰面。山村不太流暢的言詞裡道出令保志美震驚的內容。眼前的這個人，在丈夫過世後兩年又四個月的漫長時間裡，一直暗記這份遺書，最後再重新寫到信紙上交到自己手中。

山村回去後，保志美茫然地坐在地上好一會兒，一時間無法相信收容所裡有一群人幫她記住了丈夫的遺書。即便從山村少少的幾句話中，保志美也能深切感受到這是件多麼艱難的任務。

神奇的是，即使看著丈夫的遺書，保志美也沒有流淚。在那個準備去舞鶴港迎接丈夫的早晨，突然接到丈夫的死亡通知時，她的淚已流乾。在至今四十七年的人生裡，那是保志美唯一一次哭泣。

山村那日送來的，其實只是丈夫的「第一封」遺書。

不久，第二封遺書抵達山本保志美的家中。大約在山村拜訪的十天後，保志美收到了野村貞夫寄來的長信。二十五張寫得密密麻麻的信紙，細膩地記錄了丈夫在收容所裡的生活：

〈……山本是дамой（歸國）論支持者，自始至終都抱持一定能回國的信念。即使在我們容易傾向悲觀論，認為自己應該一輩子無法回國，將成為西伯利亞土地上白樺樹的肥料（稱為白樺派）時，他的想法也不曾改變。山本常會告訴我們新聞內容，像是「蘇聯報上有這樣的報導，代表我們回國的日子不遠了」，賦予我們光明的希望。希望您能理解，當時山本的дамой（歸國）論是如何成為我們的精神糧食、支撐大家活下來。儘管дамой（歸國）沒有在山本生前實現……〉

〈在那座收容所的生活中，山本持續創作了大量詩篇、散文、俳句和短歌。但檢閱突襲檢查時寫有文字的物品將全數遭到沒收，嚴重時甚至還要接受訊問，因此，山本的作品在部分同伴之間傳閱後便會立刻燒毀，湮滅證據。無法留下任何遺物是最遺憾的事。我想，您或許從佐藤健雄先生或後藤孝敏先生手中拿到遺書了，這實在是一番冒險犯難後的結果。儘管大家討論要記下遺書的內容回國，但經歷去年哈府（哈巴羅夫斯克）事件蘇聯政府的鎮壓，一切化為烏有。我想，至少將自己記得的內容傳達給您……〉

野本當初沒有製作遺書複本，在經歷哈巴羅夫斯克事件的絕食後，記憶多所殘缺，已記不得完整的遺書內容。儘管遺憾無比，但除了遺書，野本還是回溯了記憶中的〈海鳴〉、〈枯樹〉、〈手指〉三首詩，以及山本的俳句寫下送來。

第三封抵達的遺書是愛知縣後藤孝敏的〈給孩子們〉，第四封是信封上寫著〈吾妻如晤！〉的書信，由森田市雄自兵庫縣寄來。

第五封遺書由福岡縣的瀨崎清親自帶上東京。蘇聯製的筆記本上寫下了遺書全文，連字跡都仿照山本。瀨崎將這份遺書放在衛生褲裡，綁在腿上帶了回來。瀨崎向保志美深深一鞠躬，低聲告訴她標示山本墳墓的地圖，與山本墳墓的號碼，「四十五」。

半年多後，第六份遺書以包裹的形式送到了保志美手中。包裹中的信件內容如下：

〈冒昧來信實在不好意思。在下名為新見此助，為去年底從蘇聯回來的最後一批歸國者，過去承蒙山本幡男先生多方照顧。自昭和二十八年三月至昭和二十九年八月二十五日止，山本先生於哈巴羅夫斯克收容所臥病在床的十七個月裡，我都與他在同一收容所裡生活，祈求山本先生無論如何都要活下來。然而，無法照料山本先生一二、給予他充分的幫助，守護不了這位我最尊敬也是社會上重要棟梁的人才，實在不知該如何向各位山本先生的家人請罪，愧疚難當。（略）

山本先生仙去前不久，於七月二日寫下一份遺書。我帶回了其中的〈母親大人膝下！〉與〈給孩子們〉。大家是在佐藤健雄先生的指示下，按照同鄉會（島根）、俳句會及其他相關人員來區分，一路想方設法努力記下遺書內容，我只能帶回其中一部分，望請恕之。

山本先生自二十九年七月起病情惡化，無法開口出聲，便以筆談方式與大家溝通。七月十三日，山本先生讓我看了遺書後，親筆對我寫了鼓勵的話如附件。此外，他還寫過一篇〈故鄉英雄〉給我。我帶著上述遺物、畫作、信件於回國後隔天前往松江拜訪山本先生的高堂，卻因老夫人已搬至大宮無緣得見。我一直想著要前往大宮，卻突然有些不得已的狀況只能改以郵寄的方式轉交，誠為失禮惶恐。請原諒我晚了這麼久才將這些東西送來（略）〉

新見這封信是從島根縣八束郡出雲町寄出。〈故鄉英雄〉和便條都因工作時貼身攜帶，片刻不離而多有皺折。新見將這些便條、畫作、明信片與自己負責的遺書〈母親大人膝下！〉、〈給孩子們〉一起寄來。「如附件」指的，是以紅色鉛筆寫在包藥紙上的「即便想死也死不了……」那段文字，也是山本最後潦草的便條。

這些丈夫在收容所的夥伴，保志美都是現在才認識。

每一次保志美都是透過信件才知道，這些重新寫在信紙或稿紙上的遺書都是眾人在收容所裡反覆背誦，刻在各自的腦海裡，回國後才復原重現。

日本經濟企劃廳在《經濟白皮書》中表示「我國已脫離戰後時期」，歌頌日本進步之時，這些搭乘最後一艘歸國船隻從西伯利亞回來的男人，將自己用記憶從收容所帶回來的遺書送抵山本家後，終於開始了他們遲來的「戰後再出發」。

距離戰爭結束，已經過了十二年。

後記　第三十三年抵達的遺書

昭和二十九年八月二十五日，山本幡男於哈巴羅夫斯克強制收容所過世後，昭和六十二年夏天，山本家收到了他的第「七」封遺書。此時已是山本去世後的第三十三年。

寄出遺書者，是住在橫濱市保土谷的口下齡夫，阿穆爾俳句會的「梅城」。

與遺書一起放入信封裡的，還有一封給山本夫人保志美的信，內容如下：

〈（略）信封裡的遺書，是我偽裝成線捲從蘇聯帶回來的。遺書上的墨水顏色和日本不一樣吧？在蘇聯，用的都是這樣的紫色墨水。遺書上的紅線或○符號，是我背誦時畫的記號。

其實回國後，昭和三十二年八月山本先生祭日那天，我和坂間訓一（已故）、佐藤德三郎，三名阿穆爾俳句會成員拜訪府上時，原想將這封遺書交給您。那時坂間告訴我，山本先生的遺言已由回國的夥伴們全數送達，建議我不要在那時拿出來比較好，我便長年保留了下來……〉

昭和三十一年十二月底，日下齡夫以蘇聯地區長期拘留者的身分回歸故土後，於四十二歲重新開始第二人生。他在熟人幫助下，好不容易獲得建築公司管理倉儲的工作，接著發憤苦讀，通過了困難的一級土木施工管理技師考試。年逾不惑後重新出發至後來的成果，箇中辛勞絕非常人所能想像。

不過，齡夫先生回國後娶妻生子，四十七歲時喜得第一位千金，也嘗到了為人父母的喜悅。

十幾年前，齡夫先生的夫人病逝，年齡已過七十的他表示，自己心中一直有股強烈的想法，若沒有將自己負責的遺書交給山本的家人，日後黃泉底下將無顏面對山本。

保志美女士收到遺書後不久，便將齡夫先生寄來的遺書給我看。遺書上密密麻麻小字旁的紅線和◯號，訴說著在嚴峻環境中背誦的辛勞，深深感動了我。巧合的是，齡夫先生寫信之日正是七月十五日，是山本幡男三十三週年忌的中元節，令人不禁感嘆其中的緣分。

我接觸到山本幡男的遺書，是在昭和六十一年的夏天。

在「昭和」跨越六十年的這一年，讀賣新聞社與角川書店主辦了「昭和遺書」全國募集活動，如雪片般飛來的遺書裡，其中一封即是來自保志美女士的這份遺書。當時身為編輯閱讀這份遺書的感動，直到今天仍鮮明不已。尤其當我看到那封寫給孩子們的遺書時，甚至覺得那應該是幡男先生寫給我們日本人的強烈訊息。

根據昭和五十一年日本厚生省的調查，舊滿洲國、樺太等地遭蘇聯軍帶至西伯利亞的日本人，包含民間人士在內共五十七萬四千五百三十人。然而，蘇聯國防部軍事圖書部發行的《第二次世界大戰》（一九四八年出版）中記載：「日本俘虜六十萬九千一百七十六人。」

實際上，人們至今依舊無法掌握西伯利亞日本俘虜的正確數字。

蘇聯境內幅員遼闊，設置在各地的俘虜收容所約一千兩百所，其所在地東起堪察加半島，西至聶伯河流域，北起臨近北極海的極北地區，南抵帕米爾高原西麓，遍布在廣袤的地域中。據說，這些收容所裡約六十萬名的日本人之中，每天在極寒的異鄉土地上承受飢餓與重度勞動，最後抱著思鄉之情死去者超過一成以上，即七萬多人。

山本幡男也是在翹首以盼дамой（歸國）之日中死去的其中一人。不僅如此，戰爭結束十一年後終於回國的山本友人們，甚至透過「記憶」這種非比尋常的方式，將他在強制收容所裡偷偷寫下的遺書，以近乎完整的形式送到遺屬手中。這樣的事蹟，可謂空前絕後。

〈海鳴〉等收錄在本書的山本幡男詩作、俳句、短歌與文章，大部分也還是野本貞夫與其他山本友人回國後，透過「記憶」復原再送至山本家中，這樣的壯舉同樣令人驚嘆。

透過這些形形色色的作品，我們了解到山本幡男其人的偉大。

我之所以想以綿薄之力挑戰刻劃這段偉大的凡人生涯，勾勒這個在西伯利亞逝去的男人面貌，正是因為深受山本幡男不屈的精神與生命力所感動。

採訪時，山本幡男的故事不斷告訴我何謂「即使身處惡劣的困境也要活出尊嚴」。同時，也是因為那些試圖將幡男先生的意志傳達給家人的友情是如此高貴、美麗。

本書得以完成皆是拜山本保志美女士、各位拘留者的家屬、幡男先生的友人、諸多朔北會（長期拘留者團體）成員幫助所賜。大家的名字將另外寫在「採訪對象名單」中，以表誠摯的感謝。

此外，我還想補充一件事，幡男先生的長男山本顯一已成為大學教授，其他弟妹也分別畢業於東京藝大、東大、東京外語大學，在各自的領域中發揮所長。

我心心念念想寫本書將近三年，終於能夠走到成書這一步，都要感謝文藝春秋出版部的藤澤隆志先生協助，我不會忘記在我多次面臨挫折時，您始終鼓勵我的盛情。此外，《文藝春秋》編輯部的平尾隆弘先生也給了我無數的勉勵與建議，很高興兩位周到的關照，與菊地信義先生的封面設計，打造出這一本書。

我在寫最後一章時，日本的年號從「昭和」變成了「平成」。或許，未來將有很多事情等待我們驗證「昭和」究竟是什麼。儘管個人力量雖渺小，但期許自己今後也能堅持「昭和」精神活下去。

如果能讓多一些人，尤其是不認識戰爭的年輕人能夠閱讀這本小小的作品，將是我無上的幸福。

平成元年晚春　邊見純

附記：出生於西伯利亞的小黑與歸國者們一起踏上日本的土地，由舞鶴市政府裡愛狗的員工收養，於幾年後離世。

採訪對象名單（依五十音順序排列）

新津千乃、生島巖、伊藤光雄、小原正豐、岡部滋、鏡清藏、勝部正壽、日下齡夫、草地貞吾、黑田定弘、小高正直、後藤孝敏、酒寄國光、坂本省吾、（故）櫻井俊男、佐藤健雄、佐藤德二郎、新森貞、（故）瀨崎清、瀨崎美代、瀨島龍三、田端ハナ、難波武成、新見此助、野崎韶夫、野本貞夫、橋口松男、（故）長谷川宇一（遺稿集）、林軍四郎、藤原貞夫、堀場安五郎、真下克己、松野輝彥、森田正男、（故）矢野市雄、矢馳良行、山岸研、山村昌雄、山本顯一、山本厚生、山本誠之、山本保志美、吉賀嘉治、吉垣勇（敬稱略）。

謹向上列接受採訪的人們以及協助採訪的冬澤龍彥先生，致上深深的感謝。

俄文讀音意譯對照表

（為忠實呈現作品中對話，以下列表格整理俄讀音與意譯）

俄文	日文	音譯	意譯
дамой	ダモイ	打末以	歸國
Лагерь	ラーゲリ	拉給	收容所
давай	ダワイ	打歪	快走
фуфа́йка	フハイカ	夫海卡	防寒棉外套
тюрьма	チユリマ	禿里馬	監獄
соловей	サラヴェイ	索拉維	夜鶯
Гора	ガラ	戈拉	山
основа	根本	奧斯諾瓦	根本的本
тачка	ターチカ	踏其卡	單輪手推車
мороз	マロース	馬落斯	寒流
Ласточка	ラストチカ	拉斯朵奇卡	燕子
колхоз	コルホーズ	摳兒虎斯	集體農場
та́бель	ターベリ	搭兒比	作業量紀錄
катанки	カータンカ	喀坦卡	防寒靴
запретная зона	ザプレツトナヤ・ゾーナ	雜普列鐵押 揍拿	管制區域
операт	オペラ	歐佩拉	國家安全部的外派軍官
пионе́р	ピオネール	皮阿尼兒	少年先鋒隊
бригада	ブリガーダ	布里嘎打	作業班
бригадир	ブリガジール	布里嘎迪爾	作業班長
нет	ニエツト	捏	沒有
саботаж	サボタージユ	撒巴大許	拒絕上工
столыпин	ストルイピン	司多里兵	囚犯押解車

國家圖書館出版品預行編目資料

來自雪國的遺書 / 邊見純作 ; 洪于琇譯. -- 一版.
-- 臺北市 : 城邦文化事業股份有限公司尖端出版
: 英屬蓋曼群島商家庭傳媒股份有限公司城邦分
公司尖端出版發行, 2023.08
面 ; 公分
譯自 : 收容所から来た遺書
ISBN 978-626-356-909-6 (平裝)

861.57 112009376

嬉文化

來自雪國的遺書
（原名：收容所から来た遺書）

著　者／邊見純
執行長／陳君平
榮譽發行人／黃鎮隆
協　理／洪琇菁
總編輯／呂尚燁
譯　者／洪于琇
美術總監／沙雲佩
美術編輯／方品舒
執行編輯／丁玉霈
國際版權／黃令歡、梁名儀
企劃宣傳／陳品萱
文字校對／施亞蒨
內文排版／謝青秀

出　版／城邦文化事業股份有限公司 尖端出版
台北市中山區民生東路二段一四一號十樓
電話：（○二）二五○○—七六○○
傳真：（○二）二五○○—二六八三
E-mail：7novels@mail2.spp.com.tw
發　行／英屬蓋曼群島商家庭傳媒股份有限公司城邦分公司　尖端出版
台北市中山區民生東路二段一四一號十樓
電話：（○二）二五○○—七六○○（代表號）
傳真：（○二）二五○○—一九七九
中彰投以北經銷／楨彥有限公司（含宜花東）
電話：（○二）八九一九—三三六九
傳真：（○二）八九一四—五五二四
雲嘉以南／智豐圖書有限公司
（嘉義公司）電話：（○五）二三三—三八五二
傳真：（○五）二三三—三八六三
（高雄公司）電話：（○七）三七三—○○七九
傳真：（○七）三七三—○○八七
香港經銷／城邦（香港）出版集團有限公司
香港灣仔駱克道一九三號東超商業中心一樓
電話：（八五二）二五○八—六二三一
傳真：（八五二）二五七八—九三三七
E-mail：hkcite@biznetvigator.com
新馬經銷／城邦（馬新）出版集團 Cite（M）Sdn. Bhd.
E-mail：cite@cite.com.my
法律顧問／王子文律師　元禾法律事務所
台北市羅斯福路三段三十七號十五樓
二○二三年八月一版一刷

郵購注意事項：
1.填妥劃撥單資料：帳號：50003021戶名：英屬蓋曼群島商家庭傳媒(股)公司城邦分公司。2.通信欄內註明訂購書名與冊數。3.劃撥金額低於500元，請加附掛號郵資50元。如劃撥日起 10～14日，仍未收到書時，請洽劃撥組。劃撥專線TEL：(03)312-4212 ・ FAX：(03)322-4621。E-mail：marketing@spp.com.tw